모래
위의
1 D K

순수한 무대장치, 배경 같은 것이었다——.

그들의 이야기에서 나는 등장인물이 아니라

그 여름, 그때 나는 분명 그곳에 있었다.

그들이 고통받고, 웃고, 저항하고, 살아 있던 바로 그 곁에,
분명히 내 모습이 있었다. 하지만, 그뿐이다.

"그나저나 그 애. 계속 창문 밖을 보고 있더라. 그렇게 이상한가."
"……할머니가 말하길 시냅스 같은 게 오작동을 일으켜서
의식과 지식이 혼선되어 있대.
미시감이라는 거 있잖아. 그게 계속 일어나는 거라던데."
"아, 과연. 그런 거구나? ……간단히 말하면?"
"처음 의사한테 끌려나온 집고양이 같은 거지."
"아아, 알았어. 완벽히 이해했어. 어쩐지 쓸데없이 귀엽다 했더니."
"그건 이 녀석 본인과 관계없어. 본바탕이 좋을 뿐이지."
"네네, 그러시겠죠."

"정말 강인한 생물이야. 사람이란."

──알제논

"현실의 스파이는 수수함이 신조거든."
——에마 소지

"에마 씨가 괴짜라는 건 알겠어.
그리고 코타로 군이 동류라는 것도."
──카도사키 이오

"사기꾼 같다니 서운하네,
건전하고 훌륭한
계약 이야기를 한 거라고."
── 『수다쟁이』 시노기 코타로

"좋은 인연도 나쁜 인연도
똑같이 소중히 여겨야 해,
이 바닥에서는 말이야."
── 고토 카오루

—— 우리들은 지금, 확실하게 이곳에 있다.

모래 위의 1DK

카레노 아키라 지음 / 미스미 일러스트 / 이소정 옮김

목 차

contents

올해도 또 여름이 왔다.

◇

장마는 끝났다.

하지만 습도도 불쾌지수도 전혀 내려가지 않았다. 살갗에 달라붙는 듯한 눅눅한 공기. 그 속을 헤엄치듯 오가는 사람들의 무리.

나도 그중 한 명이다.

몸에 걸친 것은 흰색 원피스와 연한 색의 카디건, 실로 좋은 집안의 아가씨 같은 느낌. 평소에는 잘 하지 않는 차림이다. 어울리지 않느냐고 하면 뭐, 어울리는 편이라고는 생각한다. 단순히 그저 내 취향이 아닐 뿐이다. 내 취향이 아닌 옷을 일부러 챙겨 입을 이유…… 그러니까 그 모습을 보여주고 싶은 상대도 지금은 특별히 없다.

양산 너머라고는 해도 강한 햇빛 아래를 걷다 보면 단순히 그것만으로도 체력이 깎여 나간다. 익숙하지 않은 복장이라면 더더욱 그렇다. 몇 번이나 그늘에서 걸음을 멈췄다가 다시 걸었다.

11

여러 종류의 매미가 저마다 온 힘을 다해 큰 소리로 울고 있다.

그것이 나를 비웃는 것처럼 들렸다.

이렇게 더운 날씨에 어딜 가겠다는 거야. 네가 향하는 곳에 그 장소는 더 이상 없어. 그 사람도 이제 없어. 그 시간은 돌아오지 않아. 여름이라는 계절만 겹친 채로 그저 추억에 잠길 셈이냐고.

물론 그렇게 말할 리가 없다.

매미는 매미다. 그들은 그들의 논리에 따라 소리를 지르고 있고, 내 쪽은 신경도 쓰지 않을 것이다. 왜곡되어 들리는 것은 모두 내 자신의 탓. 이 마음속에 있는 두려움 때문이다.

——그래, 맞아. 정확하다.

망상일 뿐인 매미의 비웃음을 향해 나는 속으로 당당히 말했다.

변명은 하지 않겠다. 확실히 난 이제부터 지나간 시간을 잊지 못하고 손을 뻗어, 그저 추억에 잠기러 갈 것이다.

누군가가 재촉한 것도 아닌데 그럼에도 조금 빠른 걸음걸이로.

하얀 돌계단을 오른다.

이름도 모르는 가로수에서 풍기는 강한 내음에 조금 숨이 막힐 것 같다.

낡은 타일이 깔린 언덕길을 걸었다.

햇볕에 그을린 초등학생 무리가 스쳐 지나갔다. 초록빛 향기에 순간 염소(鹽素)의 자극적인 냄새가 섞인다.

유달리 낡은 담뱃집 모퉁이를 돌아, 그리고 그 앞으로.

——아아,

그것은 별 특색 없는 맨션이다.

한 층당 가구 수는 4개. 8층 건물. 지어진 지 시간이 꽤 지났음에도 묘하게 새것처럼 보이는 새하얀 벽. 1층에는 오픈 테라스로 된 작은 카페가 열려 있지만, 역에서 거리가 먼 위치 탓인지 손님은 거의 없다.

열에 살짝 몽롱해진 발걸음으로, 나는 그곳으로 들어갔다.

공용 입구에 자물쇠는 잠겨 있지 않다. 계단으로 직행. '공용 공간은 조용히 사용합시다'라는 벽보를 흘끔 보고는 뛰어 올라갔다. 피곤하다, 잠깐 휴식. 다시 올라간다.

508호실 문 앞에 섰다.

이 문 너머의 공간을 나는 알고 있다. 조도가 낮은 방. 연두색 커튼으로 덮인 큰 창문. 그 맞은편에 펼쳐진 하가미네 시의 거리 풍경. 나아가 그 너머로는 바다가 보인다. 벽가에는 키 작은 찬장이 하나. 그 위에는 둥근 어항. 하늘거리는 수초와 두 마리의 붉은 금붕어. 햇빛이 비치는 곳에 **그 아이**가 앉아 있고, 하늘하늘 수초처럼 몸을 흔들며 **그 사람**의 등을 보고 있을 것이다.

숨을 들이쉬고, 뱉는다. 초인종에 손가락을 뻗었다가——

멈췄다.

손가락을 움츠렸다.

문에서 조금 거리를 벌렸다.

이 문 너머로는 갈 수 없다.

나는 그럴 자격이 없다.

매미가 울고 있다. 비웃는 것처럼 들린다.

너희들의 지적이 맞아. 내가 향한 곳에 더는 그 장소는 없다. 그 사람도 없어. 그 시간도 돌아오지 않는다. 이 내가 다시 되찾을 수 있는 것은 몇 번이든 계속해서 돌아오는, 여름이라고 하는 이 계절 단 하나뿐.

"……아아."

탄식 한 번.

이 자리에 서서, 내가 외부인이라는 사실을 다시 한번 인식했다.

그렇다. 나는 그들을 안다. 그 여름을 알고 있다. 하지만 그것은 일방적인 관계. 그들은 그들을 알고 있는 나를 모른다.

그들에게 있어 나는 아주 가까운 외부인이다. 그들의 이야기에서 나는 등장인물이 아니라 순수한 무대장치, 혹은 배경 같은 것이다. 그들이 힘들었을 때도, 웃고 있었을 때도, 슬퍼했을 때도, 두 사람의 마음이 통했을 때도. 계속 곁에 있었다. 그리고 아무것도 할 수 없었다.

◇

프롤로그라는 말이 있다.

본래는 극의 시작을 알려주는 것이었다고 한다. 이야기의 본편이 시작되기 전에 해설자가 나와 관객들을 향해 이제 시작되는 이야기의 무대는 이런 것이고 어떤 등장인물들이 나온다고 설명을 하는 것이다.

그리고 작중에 있어서 진행자역에 가까운 인물이 그 역할을 맡는 경우가 많다고 한다. 이야기의 본 줄거리와 직접적인 관련은 없지만, 그러면서도 그 중심 곁에서 많은 것을 보아 온 누군가가 해설에는 적합하다는 의미일까.

거기서 문득 떠올랐다.

그 날들을 하나의 이야기로 묶는다면. 한 명의 서투른 청년과 한 마리의 똑똑한 흰 생쥐 같은 무언가. 그 한 사람과 한 마리가 어항과도 같았던 그 방에서 보낸 여름의 일을 회상한다고 하면.

거기서 프롤로그 역을 맡을 자격이 있는 것은 분명 자신밖에 없지 않을까.

그렇기 때문에 지금 이 장소에서——.

한 명과 한 마리가 떠난 이곳에서 회상을 시작하려고 한다.

관객이 없어도 상관없다. 홀로 추억에 잠길 것이다.

그 일은 재작년 8월.

더운 여름밤의 일이었다──.

비(非)인간은 사람의 배에서 태어나는 것이다.

　　　　——사와라 카즈미 『북쪽의 곶』

화염 속

(1)

연구 샘플인 **그것**의 이름은 『콜 와다에 17-C-B』였다.

야즈노 중앙환경연구동에서 그 육편은 주로 세 가지 명제를 목적으로 연구되고 있었다. 하나는 '그것이 어떤 특성을 가지고 있는가', 다른 하나는 '그것은 어떻게 늘릴 수 있는가', 그리고 마지막 하나가 '그것은 애초에 무엇인가'.

요컨대 아는 것이 아무것도 없었던 것이다.

출처부터가 불분명하다. 3년 전 이를 연구실로 들여온 나가스에 박사는 주변에 아무 말도 하지 않은 채 이듬해 실종됐다. 그리고 그 세포의 구조는 알려진 모든 다세포 생물 중 어느 것과도 비슷하지 않았다.

연구원 중 한 명이 이것을 평가하여 말하길 '식품 샘플의 가슴살 같다'고 했다. 이에 동료들은 쓴웃음과 함께 동의했다. 그것은 확실히 팩으로 포장되어 슈퍼마켓에 진열되어 있을 법한 외관을 갖고 있었다. 먹음직스러워 보이는 것은 외관뿐이라는 것도 공통점. 다른 점이 있다고 하면 그 소재가 비닐수지와 실리콘이 아니라, 거기서부터 한없이 미지에 가까운 무언가라는 점일까.

그렇지만 알게된 것도 몇 가지 있다.

그것을 구성하는 세포 전체에 이른바 만능 세포와 같은 특성이 있다는 것. 다른 생물의 상처에 넣으면 그 생물의 세포분열 과정에 합승해 자기 자신을 변화시킨다. 그리고 (표면상으로는 상처가 깨끗이 나은 것처럼 보이는) 그 생물의 일부분이 되는 것이다.

만능 세포는 현대 의학에서 하나의 목표와 같다. 이 특성에 대한 연구를 진행해 인간의 손으로 안전하게 재현해낼 수 있다면 엄청난 공적이 될 것이었다. 그리고 현대 사회에서 화제성이라는 것은 극약이다. 플러스든 마이너스든 매우 큰 영향을 준다. 그래서 이 연구는 기대를 받음과 동시에 은닉되었다.

미변이 상태인 **그것**의 배양 방법은 발견되지 않았다. 그래서 연구는 잘게 썬 그것을 신중하게 사용해 나가며 이루어지고 있었다.

——실험용 생쥐 한 마리가 있다.

실험을 위해 배를 가르고 그곳에 미량의 〈콜 와다에〉를 심었다. 〈콜 와다에〉는 순식간에 변이해 포유강 설치류 쥐아목 복부 조직의 세포로 분열되더니 52분 정도 지나자 상처 자국도 남지 않을 정도로 깨끗하게 상처를 메워 버렸다.

이후에 이상이 발생했다.

생쥐의 행동 패턴이 변화한 것이다.

스키너 상자의 조건부 속도가 극심하게 상승했다. 심지어 지금까지의 패턴을 바탕으로 간단한 예측까지 시작하게 됐다. 고전적인 미로 실험에서는 생쥐의 평균을 크게 웃도는 학습 능력을 보였다. 이런 종류의 실험에서 흔히 볼 수 있는 공격성 증가 등은 특별히 보이지 않았고 오히려 전체적으로 신중하게 행동하게 됐다.

조금 섣부른 관계자는 이것을 '치료로 인해 영리해진 것이다'라고 받아들였다. 이것은 희소식이다. 〈콜 와다에〉는 손상된 기관을 치유할 뿐만 아니라 뇌의 신경세포의 기능도 활성화시켜 줄 것이다 아마도. 훌륭하지 않은가. 이 연구가 완성된다면 인류 자체를 다음 단계로 끌어올려 줄 것이다.

좀 더 신중한 관계자는 조심스레 기뻐했다. 의미 불명의 세포가 의미 불명의 거동을 보이며 의미 불명의 변화를 초래했다. 그 메커니즘을 쫓는 데 있어 어떤 것이든 단서가 늘어났다는 것은 감사한 일이었다.

그리고 극히 일부 관계자는 얼굴을 일그러뜨렸다. 세상에는 숙주의 정신 활동에 영향을 미치는 기생 생물이 수두룩하다. 하나같이 위험한 것들뿐이다. 만약 〈콜 와다에〉에도 그런 류의 특성이 있다고 한다면, 큰 장벽을 넘지 못하는 이상 의료 수단으로서 실용화는 불가능할 것이다.

극히 일부 관계자는 침묵했다. 그리고 감정을 읽을 수 없는 눈으로 물끄러미 인간들을 바라보는 생쥐에게서 시선을 돌려 희미한 공포를 머금은 목소리로 말했다.

——이것이 정말로, 아직도 생쥐라고 부를 수 있는 생물인가?

벽도 천장도, 얼룩 하나 없는 흰색.

바닥을 덮고 있는 것은 와인 레드.

소독액과 방향제가 뒤섞여 희미하게 콧속을 찌르는 자극적인 냄새.

딱히 오래 머물고 싶은 곳은 아니군⋯⋯. 그것이 야즈노 중앙환경연구동을 찾은 에마 소지의 솔직한 감상이었다.

생명과학계열 연구 시설이니 청결이야 최저 조건이라는 사실은 알고 있었다. 하지만 단순히 용제를 다시 칠해 만든 이곳의 흰색은 실용적이라기보단 연출을 위해 존재하는 것 같았다. 역시 그건가. 현장과는 무관한 누군가, 그러니까 훨씬 위에서 결제용 도장을 쥐고 계신 높으신 분의 취향인 걸까. 편견이지만 어디에나 있을 법한 얘기다.

그런 생각을 했지만, 얼굴에는 드러내지 않았다. 애초에 소지는 그렇게 감정이 풍부한 것도 아니다. 천연덕스러운 얼굴 뒤로 잡념을 숨겼다.

"부탁하고 싶은 것은 다름이 아니라."

눈앞의 의뢰인도 감정을 숨기고 있다는 점에서 대단했다. 보기 좋게 지어진 붙임성 좋아 보이는 웃음이 훌륭하게 그 속내를 가려주고 있었다. 그렇다고 해서 딱히 뭐가 어떻다는 것은 아니지만.

"저희 연구소에서는 획기적이고 혁신적인 연구를 실시하고 있습니다. 실용화만 된다면 본사의 사업을 독자적으로 이끌어 나갈 수 있을 만큼의 잠재력이 있죠. 하지만 사내에는 저희 부서가 그런 힘을 가지는 걸 달가워하지 않는 무리도 있기 때문에——."

이야기를 적당히 흘려 넘겼다. 내용은 대체로 알고 있다.

요컨대 사내 적대 세력이 수작을 부려올 것 같으니 이곳의 연구동 보안에 힘을 주고 싶다. 이를 위해 겉으로는 그쪽 방면의 전문가인 (그렇게 소개된) 이 에마 소지를 불러들인 것이다.

의뢰의 구체적인 내용은 현시점 기준 이곳의 보안 상황 평가와 허점이 될 만한 장소 지적, 예산이나 준비 시간에 맞춘 개선안 제시 정도일까. 그 정도라면 지금의 나라도 어느 정도 힘이 되어줄 수 있을 것이다.

그렇게 생각하고 있었는데.

"……부탁드리고 싶은 것은 전무파와 에피존 유니버설사와의 제휴 방해입니다."

"으음?"

한참이나 동떨어진 소리를 들었다.

"잠시 확인 좀 하겠습니다."

"네."

"저는 그러니까, 보안 계통의 일을 전문으로 하는 사람입니다."

"네, 알고 있습니다."

"오늘은 이곳 보안 강화에 대해 상의할 것이 있다고 하셔서 불려온 거고요."

"네, 뭐. 그렇지요."

"근데 왜 방해라는 말이 나오죠?"

"네, 뭐 자세히 말씀드리자면, 그 제휴가 무사히 성사된 순간 소네다 전무가 본격적으로 저희를 방해하기 시작할 테니까요. 파기까지는 아니더라도 앞으로 두 달 정도만 시간을 벌어주시면 꽤 움직이기 쉬워집니다."

"그게 어디가 보안이죠?"

"선수 필승은 전 세계 공통 안전 표어 아닙니까."

붙임성 좋은 웃음을 지은 채 뭔가 그럴싸해 보이는 말을 한다.

그 말뜻을 모르는 것은 아니다. 단순히 자기 진영의 수비를 공고히 하는 것보다 적진의 약화를 노리는 편이 좋다는 것은 정론이다. 뭔가 동서고금의 군서 속 명군사 캐릭터의 보급로 차단이니 이간계니 하는 것을 신나서 떠들어댈 것 같은 녀석이다.

그러나 이 에마 소지는 현대 일본의 **상식적인** 일반 시민이다. 군서 속 세계를 살아갈 생각은 없다.

"정중히 거절하겠습니다."

고개를 숙이고 단호하게 거절의 말을 뱉었다.

"네?!"

서글서글하게 미소 지은 얼굴 그대로 남자는 눈을 부릅뜨고 놀랐다. 재주도 좋다 싶다.

"왜요?!"

"에마 소지라는 이름에 뭘 기대하셨는지는 모르겠지만 파괴 공작은 제 본업이 아닙니다. 설계를 할 생각으로 온 사람에게 닌자 흉내를 내달라고 하면 곤란하죠."

"......네?"

"그런 거라면 적임은 달리 있습니다. 중개인에게 이야기를 전해서 더 적합한 인재를 보내도록 하겠습니다."

그렇게 말하면서 쓸데없이 부드러운 소파에서 몸을 일으켰다.

"하지만."

"가상의 적이 있다는 정도의 이야기라면 모를까, 명확하게 전쟁을 걸 생각이라면 어울릴 수 없습니다. 걱정 마시죠, 들은 이야기는 어디에도 누설하지 않겠습니다."

말을 마치고 반론을 기다리지 않고 응접실을 나섰다.

산업스파이라는 말이 있다.

그 자체는 직업이 아니라 모종의 행동군을 나타내는 말이다. 다시 말하면 적대 조직에게는 피해로 이어질 수 있고 자신들에겐 이익으로 이어질 수 있는 이면의 작업을 모두 총괄해서 그렇게 부른다.

구체적인 내역은 다방면에 걸쳐 있다. 적대 회사에 몸을 담그고 동향을 보고하거나, 나아가 그곳에서 인간관계 등과 관련된 공작을 펼친다, 물리적으로 잠입해 기밀을 훔쳐내거나 파괴적 장치를 한다, 혹은 인터넷을 통해 전자적으로 비슷한 일을 진행한다……. 조직간의 다툼의 형태가 다양하듯이 그 그늘에서 움직이는 사람들의 기능 또한 다양해진다.

내전의 역사가 길었던 일본에서 서로의 발목을 잡는 건 일종의 전통 문화에 가깝다. 오랜 불경기로 너나 할 것 없이 기업의 기반이 흔들리는 와중에도 산업스파이 일의 수요는 줄지 않는다. 줄긴커녕 늘어난다.

그리고 물론 산업스파이라는 말은 그런 스파이 행위를 하는 자들을 지칭하는 말로도 쓰인다.

속이고 빼앗고 부수는 그런 행위를 생업으로 삼고 있는 자들.

'그건 그렇다 쳐도 말야.'

응접실을 빠져나와 현관부터 쭉 둘러보았다.

'역시 좀 문제가 있네, 이 연구동…….'

다시 한번 그렇게 생각한다. 감시 카메라의 배치나 직원 동선만 언뜻 봐도 허술한 곳이 한두 군데가 아니다.

견고한 정면 입구 셔터가 내려온다 하더라도 불과 몇 미터 옆에 쉽게 부서질 것 같은 창문이 뚫려 있다. 그쪽이 시야에 잡힐 것 같은 장소에 감시 카메라가 하나 설치되어 있긴 하지만 아마추어도 쉽게 알아차릴 수 있을 정도로 엉성

한 가짜였다. 또 직원 신분증은 ID 카드 한 장뿐. 지문, 목소리, 홍채 그 밖의 중복 인증은 일절 없다. 즉 증명사진을 살짝만 바꿔 버리면 다른 사람의 카드도 얼마든지 쓸 수 있다는 뜻이다.

일본은 법치 국가라 정면으로 침입하는 강도를 겪을 위험은 거의 없다. 그러니 뭐, 이른바 총격전을 상정한 배치가 아니라는 점은 신경 쓰지 않아도 될 것이다. 그러나 다른 위협은 나라를 가리지 않았다. 하려고 마음만 먹으면 쉽게 빈틈이 생길 수 있다는 것은 일본이든 어디든, 기밀을 취급하는 장소로서는 커다란 문제였다.

그리고 또 한 가지 신경 쓰이는 것은······.

'······아니다.'

어찌 됐든 자신과는 상관없는 일이다.

그렇게 생각하고 걸음을 옮겼을 때였다.

"혹시 에마 선생님이세요?"

낯선 목소리가 자신을 부르는 소리에 에마 소지는 걸음을 멈췄다.

"뭐?"

뒤돌아보았다.

불과 몇 걸음 앞에서 여자가 한 명 이쪽을 보고 있었다.

한눈에 견적을 마쳤다.

나이는 스무 살 전후, 아마 18이나 19쯤. 목에 ID 카드를 걸고 있지는 않다.

눈에 띄지 않는 아가씨라는 인상이었다.

하지만 그것은 의식적으로 만들어진 수수함이다. 화장, 복장, 안경, 그 모든 것을 이용해 자신의 외모적 인상을 약화시켰다. 그 자체는 흔히 산업스파이 같은 존재가 쓸 법한 잔재주였지만—— 아마 그런 것과는 다를 것이다.

자세는 좋았지만 불안정한 체간이나 어긋난 정중선을 보면 운동 부족이 엿보인다. 저렴한 사무실 의자 위에서 장시간을 보내는 타입의 생활을 하고 있을 것으로 보였다.

그리고 그런 분석이 끝난 상황에서, 문제는 그다음이었다.

"저기……."

이름을 불렀다는 것은 저쪽은 이쪽을 알고 있다.

하지만 정작 에마 소지의 기억에는 이 여성의 얼굴이 없었다.

만들어진 수수한 인상에 가려져 있지만, 자세히 보면 꽤 예쁘장한 외모를 갖고 있다. 그런데 기억이 나지 않았다.

"역시 에마 선생님이다. 하나도 안 변했네요, 보자마자 바로 알았어요."

게다가 이 에마 **선생님**이라는 호칭은 뭐지?

그 여성은 기쁨을 감추듯 조심스럽게 웃었다.

"오랜만이에요, 저 기억하세요?"

대답하기 곤란한 것을 직구로 물어온다.

"으음……."

"혹시 모르세요?"

입술 끝을 일그러뜨린 채 짓궂은 미소를 짓는다.

그 표정이 소지의 머리 한구석에 있던 오래된 기억과 부합했다.

아주 오래 전.

에마 소지가 지금과 같은 삶을 살기 훨씬 전.

당시 소지는 스무 살의 평범한 대학생이었고, 비합법적인 세계와는 무관한 일반인이었다. 여러 아르바이트를 동시에 하며 바쁘게 뛰어다녔다. 과외 선생님으로 맡은 학생은 몇 명 있었는데, 그 중 가장 뛰어나고 손이 많이 가지 않았던 한 명이, 어른을 놀릴 때 이런 미소를 짓곤 했다.

그건 소지가 일찍이 흘려보낸 삶의 잔향.

"……혹시 사키미, 짱?"

"네."

기쁜 얼굴로 고개를 끄덕인다.

"전혀 눈치 못 챘어. 그보다 눈치채라는 게 무리지. 몇 년 만이야?"

"6년 만이요……. 저는 바로 알았는데요. 앗, 에마 선생님이다! 라고요."

"그건…… 이쪽은 일단 6년 전에도 성인 남자였으니까."

잠시 숨이 막혔다.

이 녀석한테는 달라진 게 없어 보이는 건가. 6년이 지난 에마 소지의 모습을 봐도.

"그때 넌 중학생이었잖아."

"그리고 지금은 대학생 2학년이에요……. 저 그렇게 변했나요?"

변하지 않았을 리가 없지. 그렇게 말하고 싶어졌다. 기억 속의 그녀는 조그마한 어린아이였다. 그로부터 6년, 손발도 자랐고 몸매 역시 말할 필요도 없다.

"뭐, 더 컸고 예뻐졌네."

"오랜만에 만난 친척 아저씨 같은 감상이네요."

"오랜만에 만난 친척 아저씨 같은 심경이다."

가벼운 말을 리듬감 있게 툭툭 주고받았다.

"재미없어요. 아, 그래도 예뻐졌다는 말 한마디는 좀 기뻤으니까 한 번 더 부탁드려요. 이번에는 좀 쑥스러워하는 느낌으로, 네?"

"안 해."

"쪼잔하긴."

6년 전 우리가 어떤 식으로 이야기했는지 떠올리면서 그것을 모방하다가——.

『이, 살인자!』

"……?!"

뇌리에 예전에 들었던 빛바랜 욕설이 되살아났다. 반사적으로 얼굴을 찌푸렸다.

"……선생님? 왜 그러세요?"

"아, 아니." 고개를 저었다. "넌 그러니까…… 모르는 건가? 나에 대해……."

"네에?"

어리둥절한 얼굴이다.

"알고 있는데요? 그래서 말도 걸었잖아요. 에마 선생님이 시죠? 이제 와서 다른 사람인 척해도 소용없어요."

"그런 뜻이 아니라."

숨을 깊이 들이마시며 흐트러졌던 호흡이 진정되기를 기다렸다.

"미안, 이상한 걸 물었다. 잊어."

"네에……. 뭐, 상관없지만요."

납득이 안 되는 얼굴이다. 무리도 아니지.

크흠, 하고 바로 근처에서 헛기침하는 소리가 들렸다. 돌아보자 중년 경비원이 이런 곳에서 잡담을 나누지 말라는 듯한 눈빛으로 이쪽을 노려보고 있었다.

입구 한가운데서 이야기를 나누고 있던 탓에 주위의 시선을 모으고 있었던 것 같다.

"이런 데 서서 얘기하기도 그러니까 잠깐 나갈까."

표정을 조금 가다듬고 말을 꺼냈다.

"그, 그러게요."

사키미는 조금 민망한 얼굴로 걷기 시작했다.

"아, 맞다. 혹시 선생님 여기 근무하시나요?"

갑자기 무슨 이야기인가. 순간 생각했지만, 당연히 이 야즈노 중앙환경연구동 이야기일 것이다.

"아니, 나는 외부인. 경비 관련한 미팅에 잠깐 불려간 것뿐이야. 너는?"

"아빠가 여기서 일하세요. 오늘은 잊고 가신 물건을 전해주러 왔어요. 중요한 데이터가 들어간 USB 메모리."

"흐, 흐음?"

아니, 이봐. 요즘 시대에 진짜로?

그런 걸 시설 밖으로 가지고 나갈 수 있다니, 정말 이대로 괜찮은 거야?

역시나 이곳 보안에는 여러모로 문제가 많았다. 적어도 사내 항쟁이 한창인 와중이라면 적에게 노려질 가능성에 조금 정도는 대비해야 하는 것이 아닐까.

그 경악스러움이 표정에 드러났던 것일까.

"위험하겠죠, 역시 이런 건."

어색한 표정을 지어 보인다.

"뭐, 그렇지. 안 그래도 여러모로 조심해야 할 시기고, 주주한테 들키기라도 하면 소동 확정이야. 그리고 여기, 최첨단 연구를 하고 있지?"

주위를 둘러보았다.

"그럼 노리는 조직이 있을지도 몰라."

"그렇죠."

정면 입구의 자동문을 통과하면서 소지는 한 번 힐끔 돌아보았다.

현관 주변의 감시 카메라는 3개.

다만 그 중 2개는 가짜. 사각지대는 많다.

영상에 남지 않는 형태로 안쪽으로 갈 수 있는 루트는 대략 일곱 가지.

얼핏 눈으로 훑기만 한 소지조차도 거기까지는 파악할 수 있었다. 조금이라도 사전에 정보를 모아뒀다면 더 자세히 알았을 것이다.

'있네, 이미…….'

떠날 때, 몇 명.

대놓고 그 사각지대를 누비듯 움직이고 있는 남자들이 보였다.

그리고 그들의 시선 이동, 서 있을 때의 무게 중심, 체중의 이동, 모든 것이 아마추어와 달랐다.

스파이나 파괴 공작원. 뭐, 그런 거겠지. 그것도 소지 같은 어중간한 존재와는 다른, 그걸로 밥벌이를 하고 있는 자들일 것이다.

'……하기야 이렇게까지 수비가 허술한 장소라면 수상한 놈들이 들이닥쳐도 이상하지 않겠지.'

선수 필승은 전 세계 공통의 안전 표어. 방금 들은 말이지만, 아무래도 그렇게 말했던 당사자는 이미 선수를 빼앗긴 듯했다.

'그렇다고는 해도 내가 상관할 일은 아닌가…….'

이 연구동은 앞으로 대비를 게을리한 것에 대한 응징을 받게 될 것이다. 그러나 그것이 사내에서 벌어진 분쟁이라면 무관한 외부인이 참견을 해서는 안 된다.

에마 소지에게는 하나의 규칙이 있다.

『자발적으로 도움을 청해 온 상대방에 한해서 대가를 받은 뒤 돕는다.』

안전과 위험의 경계선에서 살아가야 하는 처지에서 자신이 정한, 자신을 보호하기 위한 중요한 규칙. 한때의 감정으로 어길 만한 일은 아니었다.

그러니 지금은 그냥 여기를 떠나야 한다. 그렇게 스스로를 타일렀다.

◇

해는 이미 지고 있다.

강한 비가 내리고 있다.

빗방울이 총알처럼 우산을 두드렸다.

밤거리. 길을 밝히는 가로등 불빛이 아무런 의지가 되지 않았다.

빗소리 때문에 얘기하려면 소리를 질러야 했다. 인적이 드물다고는 해도 일단은 비즈니스 거리인 이 근처에서 큰 소리를 지르고 싶진 않았다. 그래서 대화는 그렇게 큰 소리로 이뤄지지 않았다.

그럼에도 옆을 걷는 사나쿠라 사키미는 어딘지 모르게 즐거워 보였다.

"옛날에는 법대에 간다고 했었지. 변호사 자격증을 따고서, 커리어우먼으로 자립하겠다고. 그건 어떻게 됐어?"

"그건, 아하하. 뭐, 어린 시절 꿈은 원래 다 그런 거잖아요. 아, 그래도 다음 꿈은 제대로 찾았고, 지금은 그 길을 걷고 있어요."

"그거 다행이네."

6년간의 공백이다. 과거에 알던 사이였다고는 하지만 근 6년간 서로 연락을 하지 않았을 정도의 사이였다. 그럼에도 불구하고 사키미는 자신을 꽤나 친근하게 대했다. 애초에 그렇게 사교적인 성격도 아니었을 텐데.

여기서 '혹시 나를 좋아하는 건가'라든가 '동경하는 선생님과의 재회로 들뜬 걸까'라는 둥, 자기 입맛대로 생각할 정도로 소지는 단순하지 않았다. 자만하지도 않았다.

"선생님한테 배운 많은 것들, 지금도 잘 기억하고 있어요. 이구아나 얘기라던가."

"어? 그게 뭐야, 내가 그런 얘기를 했어?"

"했어요, 조림으로 먹으면 맛있다고요."

"무조건 다른 얘기랑 섞인 거야, 그거."

"그러고 보니 그 귀여운 여자친구는 잘 지내나요?"

"아…… 아마 그렇지 않을까?"

예전처럼 별것 아닌 이야기를 하면서 사키미는 가끔 표정을 흐렸다. 어린 시절 때처럼 흘러가는 지금 이 시간과 다른 무언가를 비교하듯.

──지금 생활이 별로 즐겁지 않은 건가.

소지는 그런 생각을 했다.

노인이 되면 옛날이야기가 늘어나는 것과 비슷하다. 현재에 만족을 느끼지 못하는 사람일수록 추억은 더 아름답게 되살아난다. 그리고 그 추억을 재연해 내는 듯한 시간을, 그리운 사람과 예전처럼 보내는 시간을 보다 근사한 것으로 받아들인다.

그래서 이 소녀는 지금 소지 옆에서 본래보다 더 기분 좋다는 듯 행동하고 있는 것이다.

실례되는 상상을 하고 있다는 생각은 들었지만.

길이 갈라졌다. 오른쪽으로 돌면 상가를 지나 후카미치역이. 왼쪽으로 돌면 비즈니스 거리를 지나 주택가가 나온다.

"저기, 연락처 교환할 수 있을까요?"

순간 몸이 굳었다.

당연히 예상할 수 있는 전개였다. 하지만 생각하지 못했다. 거절해야 한다고 생각했다. 지금의 자신에 대해 아무것도 모르는 이 아이와, 이 이상 가까워지면 안 된다고.

"……그야, 괜찮지."

하지만 결국은 그렇게 고개를 끄덕이고 말았다.

"다음에 개인적인 상담 같은 거 해도 되나요?"

"그건." 잠시 머뭇거렸다. "……좋아. 다만 도움이 될 거라는 보장은 못 해."

"그런 건 됐어요, 제가 멋대로 기대는 것뿐이니까요."

"붙임성이 참 좋네."

남자로서는 젊은 여자아이가 거리를 좁혀온다면 기뻐할 법한 일이겠지. 흑심도 물론 품을 것이다. 좀 더 가까워지기를 바라며 이런저런 계략을 꾸밀지도 모르지. 하지만 당연하게도 그런 마음은 들지 않았다.

혹은, 정말 이 아이를 생각한다면 거절해야 할지도 모른다. 6년 전과는 다르다. 현재의 에마 소지에게는 접근해서는 안 된다, 그렇게 알려줘야 할지도 모른다. 그런데 그럴 마음조차 들지 않았다.

두 개의 갈등 중 어느 한 쪽을 선택할 수 없다. 실로 어중간하기 짝이 없다.

"그럼 조만간 연락드릴게요."

그렇게 말하고 사키미는 역 쪽으로 향했다.

작게 손을 흔들며 그 등을 배웅했다.

혼자 있으니 빗소리가 한결 크게 들렸다. 자신을 둘러싼 세계의 잿빛이 한층 짙어진 것처럼 느껴졌다.

"……어중간하네, 정말."

굳이 입 밖으로 꺼내 스스로를 비웃었다.

지금의 자신의 상황에 만족하지 못해 추억을 재연하듯 재회에 젖는다. 거창할 필요도 없다. 저건 내 자신을 말하는 거다. 6년 전 사이가 좋았던 아이와 그때처럼 친하게 대화를 나누는 것은 기분 좋은 시간이었다.

근처 빌딩의 차양 밑으로 들어가 스마트폰을 꺼냈다. 주소록을 열어 맨 위에 사키미의 이름이 추가된 것을 확인하고는 곧바로 『수다쟁이』를 호출했다.

몇 초의 신호음 뒤에 통화가 연결되었다.

『유후, 에마 씨 수고! 그래서 지금 어디야?』

살짝 경박한, 그리고 묘하게 말이 빠른 남자의 목소리가 흘러나왔다.

"그 연구동을 나와서 조금 걷고 있어. 미안하지만 듣던 말과 많이 달라서 부탁은 거절했다."

『아, 그건 이쪽에서도 확인했어. 미안, 이쪽의 확인 미스야. 이번 일은 다른 걸로 보충할게.』

"아―."

기대하지 않고 기다릴게, 라고 말하려고 했다.

하지만 전화기 너머에서 곧바로 들려온 『그보다』라는 말과 겹쳤다.

『그 연구동, 당장 떠나. 지금 사내 정쟁으로 파괴 활동을 받고 있어.』

"아―."

현관에서 본 그 무리들인가, 하고 생각했다.

"말려들 만한 곳에는 없어. 수상한 무리들이 있었던 건 이미 봤고."

『그게 아니라 빨리 몸을 숨기라고. 고토 쪽 녀석들이 움직이고 있어.』

일순.

빗소리가 어딘가 멀리 사라진 듯한 착각이 들었다.

뇌 안쪽이 찬물을 끼얹은 것처럼 차가워지는 것을 느꼈다.

있는 건가.

그 녀석이.

지금.

저기에.

"……그리운 이름을 들었네."

과호흡이 되려던 숨을 참으며 신음하듯 말했다.

산업스파이의 일은 대부분의 경우 눈에 띄지 않는다. 비밀번호 하나, 기밀 서류 한 장을 빼내는 데 화려한 총격 액션이나 격투 장면은 필요 없다. 화려한 일을 하다가 주위에 쓸데없는 영향을 미치게 되면 기껏 해낸 일이 수포로 돌아가게 될 수도 있다. 그러다보니 대부분은 수수해지기 마련이다.

하지만 모든 일에 예외는 있다.

고토는 그 예외에 해당하는 청부업자 중 악명 높은 한 명이었다.

그리고 에마 소지라는 개인에게도 잊지 못할 이름이었다.

"무너지는 건가, 저 연구동은?"

『아마도. 같이 깔리고 싶은 건 아니겠지?』

그건 싫은데, 하는 생각이 들었다. 그리고 고토의 이름이 나온 이상 이는 과장이나 농담이 아니라 자칫 잘못하면 정말로 생명에 지장을 줄 수 있는 안건이었다.

"그야 당연——."

대답하면서 고개를 들었다.

눈을 의심했다.

멀리, 비로 부예진 시야 저편. 아까 그 갈림길을 한 사람의 그림자가 달려가는 것이 보였다. 우산은 쓰고 있지 않다. 비에 맞는 것도 개의치 않고 머리를 휘날리고 있다.

윤곽도 뚜렷하지 않다. 애초에 시야에 들어온 것은 한순간뿐이었다. 그래도 그것이 누구의 것인지는 짐작할 수 있었다.

사나쿠라 사키미.

조금 전 아까 그 길에서 막 헤어진 그녀.

왜 길을 되돌아가고 있는가. 그것도 저렇게 급하게.

떠올려 봤자 하나밖에 생각나지 않았다. 어떤 이유로 아버지 직장에 이상이 생겼다는 것을 깨달은 것이다. 그리고 도움이 되고자 달려가고 있는 것이다……. 거기에 무엇이 기다리고 있는지는 전혀 모른 채.

최첨단 연구를 하고 있는 곳이라면 다른 조직의 표적이 될 수 있다. 방금 그녀에게 그런 말을 한 것은 다름 아닌 자신이다.

『여보세요? 에마 씨? 들려~?』

"미안."

『응? 무슨 일이야, 무슨 일 있었어?』

"나중에 다시 걸게."

『어? 아, 잠깐, 여보세──.』

통화를 끊고 스마트폰을 뒷주머니에 쑤셔 넣었다.

"죽고 싶지는 않은데 말이지!"

우산을 버리고 폭우 속을 달리기 시작했다.

(3)

경쟁 조직을 무력화하고 싶을 때 윤리와 도덕성을 무시한다면 가장 확실한 방법은 무엇인가요, 라고 묻는다면 대부분의 사람들은 이렇게 대답할 것이다.

그 경쟁 조직 자체를 지워버리면 되는 것 아니냐고.

고토가 이끄는 팀의 이번 일은 아래와 같은 느낌으로 흘러갔다.

우선 모니터실을 조용히 제압한다. 연구 시설이라는 장소에는 당연히 사고를 막기 위한 다양한 대비가 되어 있다. 그러니 우선 그것들의 작동을 멈춘다. 실내 공기 조성의 변화라든가, 실험동물이 든 케이지의 이상 같은 것을 감시하는 시스템은 거의 대부분 이곳에서 제어가 가능하다. 화재경보기나 스프링클러는 시판 제어 시스템을 통해 관리되고 있기 때문에 취약한 부분은 정해져 있다. 손쉽게 위장계열 프로그램 하나만 작동시키면 잠재울 수 있다.

동 내부 도면을 바탕으로 효율적으로 **불태울 방법**은 시뮬레이션 완료. 어디서 어떻게 불길을 잡고 어떻게 에어컨을 움직이면, 어떻게 불길이 돌아 딱 적당하게 모든 것을 통째로 태워버릴지는 알고 있다. 이를 위해 필요한 추가 연료는 외부에서 들여와 부자연스럽지 않은 선에서 동 내부 곳곳에 배치해 둔다.

모든 준비가 끝나면 작전 개시다.

가스 폭발로 위장한 폭발이 일어난다. 불이 타오른다. 사이렌은 울리지 않는다. 스프링클러도 **운 나쁘게 고장이 나서** 불을 끄지 못한다. 직원들은 혼수상태에 빠진다. 출구로 들이닥친다. 다음 폭발이 일어난다. 몇 명의 부상자가 생긴다. 패닉을 일으킨다. 불이 번진다. 귀중한 데이터가, 시료가 무자비한 열기 속으로 사라져 간다.

"으음…… 좋네."

모니터실, CCTV 너머 혼란의 한가운데 있는 연구동 안을 바라보며 중년의 남자가 홀로 거친 수염을 쓰다듬었다.

"역시 이래야지. 제임스 본드를 동경해서 스파이 일을 시작한 건데, 불바다와 폭발 정도는 나와 줘야 흥이 살지."

"팬들이 들으면 그게 무슨 동경이냐고 화를 낼 것 같은데요."

얇은 장갑을 낀 손으로 키보드를 경쾌하게 두드리며 부하인 작은 남자가 말했다.

"화내라고 해. 덕질이라는 건 원래 자유잖아?"

"그 원칙도 법률과 상식의 범위 내에서라는 불문율 위에 성립하는 거고요."

가벼운 말을 주고받는 사이에도 상황은 진행되었다.

계산된 폭발이, 불꽃이, 많은 것들을 삼켜나갔다.

◇

고토의 방식은 알고 있다. 사고로 위장해 건물 하나를 무너뜨린다.

그때 죽은 사람 수에는 크게 신경 쓰지 않는다. 살고 싶으면 필사적으로 살아라, 살지 못한다면 얌전히 죽어라, 그것이 그의 신조였다.

물론 말처럼 얌전히 두겠다는 뜻은 아니다. 죽여야 할 자가 있다면 확실하게 노려서 죽여버린다. 구체적으로는 처음부터 타깃으로 지정된 자와 현장에서 불필요한 것을 빼내려는 어리석은 자. 그런 무리들을 찾으면 고토는 결코 놓치지 않았다.

안에서 도망쳐 온 직원과 구경꾼들로 인해 정면의 입구는 혼란의 정점을 찍고 있었다. 소방차가 도착하려면 아직 시간이 걸릴 듯했다.

가까이 있던 백의의 사나이를 잡아챘다.

"여기 여자애 안 왔습니까?"

"아, 아아, 사나쿠라 과장 따님이 지금 뛰어들었는데……."

정답이군. 나도 모르게 혀를 찼다.

"그녀는 어디로 갔죠?"

"아마 실험실 C일 겁니다, 아버지가 거기 계실 거라고."

끝까지 듣지 않고 숨을 크게 들이마신 뒤 달려나갔다.

등 뒤에서 말리는 목소리가 들려왔지만 개의치 않고 따돌렸다.

입구를 바라보았다.

사이렌도, 스프링클러도 움직이지 않았다. 그런데 감시 카메라는 살아 있다. 아니나 다를까, 고토는 모니터 룸을 제압하고 거기서 이 모든 재해를 통제하고 있는 것 같았다. 외부에서 동내 시스템을 해킹하는 것도 생각해 봤지만, 쉽게 되지도 않을뿐더러 무엇보다도 시간이 너무 오래 걸린다. 포기하자.

카메라에 잡히지 않도록, 그리고 '어쩌면 있을지도 모르는' 고토의 부하들에게 들키지 않도록 조심해서 연구동 안쪽으로 들어갔다.

'……제기랄.'

화재 현장의 공기는 유독하다. 호흡은 최소한으로 억제했다.

온몸이 비에 젖어 있는 것은 다행이었다. 당분간은 타지 않을 것이고 소매로 어느 정도는 연기를 커버할 수 있다. 하지만 그것을 더해도 활동 가능 시간은 기껏해야 5분. 그 사이에 모든 것을 끝내야 했다.

'타고 있다.'

눈에 비치는 모든 것이, 아니 오감에 닿는 모든 것이 역겨운 기억을 자극했다. 가능하다면 두 번 다시 다가가고 싶지 않았던 지옥에, 지금 나는 자청해서 뛰어들었다.

왜 그런 어리석은 짓을 하냐며 스스로를 책망하는 마음이 있다. 빨리 여기서 도망가라며 스스로를 재촉하는 마음도 있다. 그것들을 의지로 침묵시키며 안쪽으로 나아갔다.

자세를 낮게 유지하고, 장애물에 발이 걸리지 않도록, 그러면서도 그늘에 몸을 숨기면서 미끄러지듯이, 달리듯이, 안쪽으로, 더 안쪽으로.

실험실 C를 찾아야 했다.

"음, 또다."

모니터 앞의 작은 남자가 손가락을 멈췄다.

"왜?"

"밖에서 뛰어든 놈이 있어요. 이번엔 젊은 남자네요. 동네 영웅 지망생인가?"

"아―."

고토는 천장을 바라보았다.

"제발 좀 그러지 마. 위험하다는 걸 딱 보면 모르나? 죽을 게 뻔한데, 내가 죽인 것처럼 돼 버리잖아. 불은 위험하다고 의무 교육에서 안 배웠나?"

"자청해서 죽으러 왔다는 사실에는 동의하지만 그것과는 별개로 우리가 죽었다는 사실에는 변함이 없을 걸요. 법원도 그렇게 말할 거고요."

"아니, 사실이나 법률 따위가 어떻다는 건 아무래도 좋아. 이런 건 기분 문제라고. 잘못한 건 저 놈, 그러니 나는 나쁘지 않고 옳다, 그렇게 우기는 동안은 마음이 해피한 거지."

"세간에서 흔히 듣는 주장이지만 발상의 차원에서 보면 거의 쓰레기 수준이네요."

◇

2층 맨 안쪽에 목적지인 실험실 C가 보였다. 방화문 같은 것의 한쪽 귀퉁이가 활짝 열려 있는 덕분에 거기까지 가는 동안 가로막히는 일은 없었다.

문 뒤에서 안을 확인했다.

"무슨……?"

폐 속의 공기가 귀하다는 것을 알면서도 목소리가 새어 나왔다.

거미줄, 이라는 말이 순간 머리에 떠올랐다.

바닥에.

벽에.

천장에.

그것들을 연결하는 공간에.

불길 틈 사이로 연분홍색의 무언가가 번져 나가고 있다.

금세 눈에 띄었던 그것은 섬유처럼 가늘게 뻗어 있었지만, 자세히 보면 바닥이나 벽에는 천처럼 얇게 펼쳐진 채 붙어 있었다. 그리고 덩어리 같은 것도 몇 개 굴러다니고 있었다. 정체는 불분명하지만 아마도 이 덩어리의 형상이 본래 모습이고, 얇고 가늘게 뻗어 있는 쪽이 변형된 것이겠지.

점균일까. 혹은 그와 가까운 어떤 생물인 걸까.

이 장소에서 연구되고 있던 획기적이고 혁신적인 연구 대상.

불길에서 도망치듯, 살아남고 싶다고 호소하듯, 그것들은 자신들의 몸을 펼쳐 뻗어나가고 있었다. 그러나 그 끝은 불꽃에 타며 조금씩 재가 되어 갔다.

"……큭."

기묘한 광경을 구경하고 있을 때가 아니었다. 목적을 떠올리고 방에 들어갔다.

바로 찾았다.

책상 뒤편, 무너진 선반에 깔리듯 하얀 옷을 입은 남자가 쓰러져 있다. 사나쿠라 사키미는 그 가슴팍에 매달린 듯한 모습으로 움직이지 않고 있었다. 곧장 달려갔다.

"사키미."

이름을 부르자 살짝 몸을 움찔한다.

남자의 목덜미에 손가락을 댔다. 동공을 들여다본다.

이미 죽었다.

네임 플레이트의 이름을 확인했다. 사나쿠라 켄고.

생각난다. 6년 전 사키미의 과외를 해 줄 때 몇 번인가 본 얼굴이다. 온화하고, 가족을 진심으로 아껴주는 좋은 아버지였다. 심장에 지병이 있어서 도넛이라도 먹는 날엔 금세 아내나 딸에게 꾸중을 들었다. 발작을 일으켜서 도망칠 기회를 놓친 것일까. 소지는 잠시 눈을 감고 그 죽음을 애도했다.

"사키미."

아버지를 갓 잃은 딸의 이름을 다시 불렀다.

반응은 없다.

다쳤다는 것을 깨달았다. 옆구리 언저리가 붉게 물들어 있다.

상처 수준을 자세히 확인하고 싶었지만 지금 여기서는 그럴 시간조차 없다. 움직이지 않는 사키미를 억지로 들어올렸다.

숨쉬기가 힘들다. 불길의 기세가 더해졌다. 왔던 길을 되돌아갈 시간은 없다. 여기는 2층이지만 대부분의 창문은 봉쇄되어 있어서 열리지 않는다.

어떻게든 탈출로를 찾아야 했다.

'……칫.'

시야 구석에 작고 붉은빛을 내며 작동 중인 감시 카메라가 보였다.

◇

"저거……."

작은 남자가 고개를 갸우뚱했다.

"이번에는 또 왜?"

"아까 들어온 남자, 못 찾겠어요. 거의 카메라에 안 나와요."

몇 개의 모니터를 차례로 가리켰다.

"뭐, 어딘가에서 힘이 다해 쓰러졌을 것 같긴 한데, 그렇다고 해도 뛰어다니는 모습이 조금씩은 보였어야 하거든요. 그런데 현관에서 잠깐 전신을 내비친 정도고, 이후부터는 기척이 전혀 안 보이는데요."

"흐음?"

고토는 턱을 쓰다듬었다.

"그럼 그건가. 카메라 사각지대를 누비며 움직인다는 뜻?"

"너무 지나친 생각 아니에요? 입구 근처에서 곧바로 쓰러졌을 가능성도 있고요."

"그런가. 뭐, 그럴 수도 있지."

고토는 몇 초 정도 잠시 침묵했다.

"되돌려 볼 수 있나? 입구에서 그 녀석이 잠깐 비쳤던 화면 말야."

"볼 순 있죠. 궁금하세요?"

"궁금하지. 모든 일이라는 건 대담하게, 그러면서도 섬세하게 하는 게 중요하다고."

"말은 그럴싸한데 순도 백퍼센트 헛소리죠?"

모니터 한 대의 시간이 멈추고 거슬러 올라가더니 문제의 영상과 함께 멈췄다.

"이 놈이야?"

"이 놈이네요."

화질은 나쁘다. 연구동에 뛰어들려고 하는 인물이 있다는 것은 알 수 있지만, 상세한 것까지 알 수 있을 만큼의 특징을 읽을 수는 없었다.

"정지 화면만으로는 잘 모르겠는데. 좀 움직여 봐."

고토의 눈이 깜박이지도 않고 영상 속 인물을 쫓는다.

지시대로 잘려 나간 몇 초의 시간이 모니터 안에서 반복적으로 표시되었다.

"뭔가 좀 알겠어요?"

"아니…… 근데, 뭐랄까."

고토는 머리를 긁적였다.

"어디선가 본 놈인 것 같은데, 기억이 안 나네."

"그렇다면 동업자?"

"그럴 리가. 아―, 어디서 봤지?"

다른 모니터를.

사람 그림자 하나가 가로질러 갔다.

"아."

"오."

영상이 되감겼다. 재생된다. 앞선 입구의 영상과는 비교
할 수 없는 선명함으로 그 인물의 모습이 비춰졌다.

남자. 20대 중반, 젊은 여자를 끌어안고 흔들림 없는 걸
음걸이로 통로를 나아가고 있다.

얼굴은 보이지 않았다. 각도적으로는 보여도 이상하지 않
지만 확실하게 숨기고 있었다.

"눈치챘네요, 카메라."

"그리고 여기서 우리가 보고 있다는 걸 알고 있다는 듯한
움직임이군."

감탄한 듯 중얼거린 고토가 음흉하게 입술을 일그러뜨렸다.

"그건 곧, 어디의 어느 소속인지는 모르겠지만 우리 일을
방해하러 온 적이라는 건 확정이다 이거지."

◇

폭우를 온몸으로 맞으면서 폐 가득 바깥 공기를 들이마
셨다.

뇌로 갑자기 산소를 보내는 바람에 순간적으로 극심한 어
지러움이 엄습했다. 휘청거릴 뻔한 발밑을 간신히 지탱했다.

탈출에는 성공했다.

게다가 다행히도 이곳은 입구와는 반대 방향이어서 주변에 사람의 눈은 없다. 지금이라면 조용히 이 자리를 떠날 수 있을 것이다.

옷 위로 닿는 사키미의 몸에 위화감은 거의 없었다. 아무래도 출혈은 화려해 보였지만 옆구리의 상처는 작았던 것 같다. 그렇다고는 해도 물론 방치할 수는 없다. 여기까지 와서도 아직 응급 처치조차 할 수 없는 상황이라는 것이 너무 답답했다.

아마도 눈치를 챘을 것이다.

끝까지 카메라의 사각지대만 골라 움직일 수는 없었다. 봉쇄되지 않은 휴게실 창문을 때려 부수고 그곳으로 탈출하기 위해서는 어떻게든 카메라 하나에는 몸을 드러낼 수밖에 없었다. 일단 얼굴은 가렸지만 어떻게 보면 그 행동으로 인해 아마추어가 아닌 누군가가 간섭했을 것이라는 정보를 주고 만 셈이다.

서둘러 도망쳐야 한다.

비가 강력한 아군이 되어 주었다. 도주자의 모습을 감추고 소리를 지워준다. 타인의 눈을 피하면서 사키미를 안은 채 연구동에서 거리를 벌렸다.

그늘에서 스마트폰을 꺼냈다.

아무리 방수 기능이 달려 있다고 해도 젖은 터치 패널은 생각대로 잘 작동하지 않았다. 간신히 조작을 마치고 어렵사리『수다쟁이』를 불러냈다.

『뭐 하는 거야, 에마 씨! 제정신이야?!』

어디서 뭘 하고 있었는지 모두 간파당한 것인지, 다짜고짜 혼났다.

"아…… 글쎄, 제정신은 좀 아닌 것 같긴 하네."

『어휴, 하여간! 살아 있어?! 무사해?!』

"지금으로선 어떻게든. 다만 한 시간 뒤에는 모르겠어. 고토가 눈치챘다.』

전화기 너머로 경악한 기색이 전해져 왔다.

"그래서 부탁이 있는데——."

『아오, 내가 진짜! 이 인간을 누가 말려!』

무언가가 터진 듯한, 아니 억지로 터뜨린 것 같은 큰 소리.

『거기서라면, 하아, 후카미치 3초메 방면으로 이동해 줘. 마침 한동안 사용하지 않은 세이프하우스가 있어. 일단 거기에 몸을 숨기고 상태를 지켜볼 것, 알겠지?!』

거의 동시에 맨션 주소와 외관, 심지어 열쇠 보관 장소 데이터가 전송되었다.

"덕분에 살았다. 정말 고마워. 도움받는 김에 한 가지 더 물어보고 싶은데."

『뭐야?!』

"거기 여자애도 데리고 가도 돼?"

『……』

넘칠 정도의 침묵이 둘 사이에 흘렀다. 그 후.

『아니, 진짜 뭔데?』

그가 목소리를 깔며 물어왔다.

(4)

열쇠를 열고 지정된 방으로 들어갔다.

마루가 깔린 1DK*. 세간살이가 거의 없는 탓에 실제 부지 면적보다 넓어 보였다. 희미하게 먼지 냄새가 나는 것은 한동안 사람의 출입이 없었기 때문일까.

가볍게 둘러보며 눈에 띄는 이상이 없는지 확인했다. 공기를 환기하기 위해 창문으로 뻗은 손을 곧 되돌렸다. 상황이 상황인 만큼 신중하게 움직이는 편이 좋을 듯했다.

커튼을 닫고 불을 켰다.

"미안."

상처를 보기 위해 작게 사과의 말을 건네며 피로 얼룩진 사키미의 옷을 걷어 올렸다. 차분한 빛 아래서 본 사키미의 옆구리는 당연하게도 붉은 피로 얼룩져 있었다.

"……응?"

하지만 그 아래에서는 상처가 발견되지 않았다.

얼룩을 수건으로 닦았다. 흰 살갗이 드러났다.

옆구리. 구체적으로는 외복사근 하부, 서혜부에서 배꼽

---

* 방 하나에 다이닝과 주방이 딸린 집

바로 옆. 피가 퍼지는 방식으로 봤을 때 이 근처에 수 센티미터 크기의 열상이 있어야 했다. 하지만 보이지 않았다. 내출혈 같은 연보라색 얼룩이 약간 보이는 정도.

손끝으로 살갗을 가볍게 쓰다듬었다.

뭐지? 작은 위화감이 있다. 아주 조금 단단한 무언가가 느껴졌다.

손가락을 미끄러뜨려 배 쪽을 만졌다. 부드럽다. 옆구리에 손가락을 갖다 댔다. 역시 단단하다. 염증을 일으켰다거나 근육이 긴장한 것과는 조금 결이 다른 것 같았다.

"으……."

사키미가 희미하게 괴로운 숨을 내쉬었다. 정신을 차리고 황급히 손가락을 뗐다.

적잖은 의문이 남긴 했지만 상처가 없다면 그보다 더 나은 일은 없었다.

부상을 당한 것은 아버지 쪽이었을지도 모른다. 딸이 그 시체에 매달렸을 때 피가 묻었고, 당황한 자신이 잘못 봤을 수도 있다. 꽤 억지스러운 사고방식이긴 했지만 실제로 상처가 보이지 않으니 그렇게밖엔 생각할 수 없었다.

사키미의 이마에 손을 댔다. 열이 나고 있다.

정신적으로나 신체적으로나 완전히 지쳐 있을 것이다. 상처에 대해서는 일단 잊고 빨리 쉴 수 있게 해줘야 했다.

상대가 젊은 여자라는 사실은 일단 잊었다. 목욕 수건 몇 장을 한꺼번에 가져와서 여전히 정신을 잃고 있는 사키미의

온몸을 닦아냈다. 옷을 벗기고 옷장에 있던 새 운동복으로
갈아입혔다.

침실 침대에 눕힌다.

주방 선반을 뒤져 상비약 상자를 발견했다. 경구용 해열
제를 꺼내 물이 담긴 컵과 함께 다시 침실로 돌아왔다.

"……선……."

목소리가 들렸다.

사키미가 손을 들어올려 이쪽을 향해 뻗고 있는 것이 보
였다.

의식을 되찾은 건가. 그 사실에 안도했다.

"……에마, 선…… 생님……."

"그래."

가쁜 숨소리와 함께 이름이 불렸다

"난 여기 있어. 괜찮아."

손을 잡고 말을 걸었다.

"부탁…… 야……."

"그래."

"이…… 살려, 줘……."

"그래, 당연하지."

강하게 고개를 끄덕이며 부탁을 받아들였다.

물론 이쪽은 처음부터 그럴 생각이었다. 망설임은 없다.

"넌 반드시 살릴 거야. 안심해도 돼."

입매를 약간 일그러뜨린 사키미는 무언가 계속 말하려는

듯하다가──

눈을 감았다.

그리고 그대로 다시 잠들었다.

"사키미?"

말을 걸어도 반응이 없다.

호흡은 얕지만 안정적이다. 준비한 해열제를 사이드 테이블 위에 두었다. 지금은 심신을 쉬게 해 주는 것이 최선이었다.

"잘 자."

방을 나갔다.

◇

벽의 아날로그 시곗바늘이 9시를 넘어갔다.

귀에 거슬리는 소리의 인터폰이 울렸다.

모니터를 들여다보고 방문자의 모습을 확인했다. 은색으로 염색한 머리, 까무잡잡하게 태운 피부, 짙은 색의 선글라스에 화려한 무늬의 셔츠. 주렁주렁 무수하게 달린 체인 계열의 액세서리. 흰 이를 드러내며 경박하게 웃고 있다.

『나야, 나. 방문 선물도 챙겨 왔으니까 들여보내 줘~.』

아는 얼굴과 아는 목소리다. 소지는 문을 열었다.

"대박이네. 역시 에마 씨야, 진짜로 대박."

어휘를 잃은 것인지 사내, 시노기 코타로는 '대박'만을 연호하고 있다.

그 장난스러운 말투는 아까 전화기에서 들었던 『수다쟁이』의 목소리였다.

여러 사람과 대화하고, 여러 상담을 받고, 때로는 여러 사람을 소개하기도 한다. 그런 일들을 하며 밥벌이를 하고 있다. 그래서 이 남자는 스스로를 『수다쟁이』라 불렀다. 그다지 호감이 가는 성격은 아니지만 본인의 요령이 좋아서인지 진심으로 미움을 사는 일은 적었고, 덕분에 그 인맥은 얇고 가늘고 매우 넓었다.

"요즘 시대에 진짜로 여고생을 주워오는 놈은 별로 없는데? 누가 뭐래도 범죄나 위험요소가 많으니까. 형법 224조가 무섭지 않아? 난 무서워."

"여러 가지 오해가 좀 있는 것 같은데."

어떤 오해부터 풀어야 하는지 잠시 고민하다가 입을 열었다.

"쟤는 고등학생이 아니야. 이미 대학에 간 것 같아."

주제와 관련 없는 말이 나와 버렸다.

"그렇구나~. 음, 사소한 것 같지만 장르적으로는 그 부분이 중요하지. 성인 남성이 보는 고등학생과 대학생 사이에 놓인 큰 벽. 역시 그렇지, 대학 수험이 끝난 뒤에는 청춘스러운 느낌이 단번에 사라지니까. 젊은 사람과 함께 청춘을 되찾고 싶다는 아저씨의 니즈에 대학생은 부합하지 않지."

"네가 무슨 말을 하는지 나야말로 전혀 모르겠는데."

"현실에서 저지르면 범죄라는 것도 중요한 포인트지. 실제로 배덕감은 중요한 향신료니까. 실제 죄가 어디를 향할지는 둘째치고 공범 관계가 되는 셈이고. 이건 무시 못하지. 어른들끼리는 그냥 동거니까 뭐랄까, 너무 적나라해진단 말야."

"가능하다면 슬슬 현실 이야기를 진행하고 싶은데."

"추천할 만한 책 몇 권 소개해 줄까?"

"필요 없어."

가볍게 손을 흔들었다.

"이야기를 진행할게. 고토 쪽 모습은 지금 어때?"

"그 정도 규모의 대작전을 펼치는 중이니까 아직 그쪽에 주력하고 있다는 느낌."

그건 그렇겠지, 라고 생각했다.

연구동을 불태운다는 터무니없이 무모한 파괴 공작은 의뢰인 측이 강력한 은폐를 실행할 능력이 있어야만 가능한 일이었다. 부자연스러운 방재 설비의 부실, 부자연스러운 화재와 연소, 나중에 경찰이 조사하면 얼마든지 허점들이 나올 것이다. 최첨단 연구의 장이라는 등의 이유로 수사 자체를 막아야 할 필요가 있다. 그러기 위해서라도 철수 전에 알기 쉬운 증거는 최대한 처리해야 했다.

수상한 사람의 그림자를 봤다고 해서 그 추적에 할애할 여력은 그리 많지 않을 것이다.

"내가 여기 올 때도 특별히 이상한 기색은 없었어. 당분간은 안심해도 될 것 같아. 하지만 시간이 생기면 바로 찾기 시작할 거야, 화재 현장에 나타난 정체불명의 스파이를."

"그렇겠지."

그것도 그렇겠지, 라고 생각했다.

연구동은 불탔다. 거기서 진행되던 연구는 불길 속으로 사라졌다. 그것으로 고토 일행의 일은 끝…… 이 아니다.

불타는 연구동에 자청해서 뛰어든 인간이 있다. 그리고 그 존재는 아무래도 연구 시설 침입 능력과 기술을 가지고 있는 것으로 보인다. 그렇다면 고토 쪽에서 도출할 수 있는 결론은 하나.『연구 데이터를 가지고 나왔다』. 그것은 시설 하나를 통째로 부수면서까지 그 연구를 중지하고 싶었던 그의 의뢰자에게 있어서는 불편한 일이었다. 순순히 놔줄 이유가 없다.

'실제로 꺼내 오기도 했고.'

소지의 바지 주머니 속에는 하나의 USB 메모리가 들어 있다. 그곳에서 데리고 나왔을 때 사키미가 떨어뜨릴 뻔한 것이다.

"어쨌든, 일단 말해 두겠는데. 저 애는 빨리 놔주는 게 좋을 것 같아."

그렇겠지, 하고 소지는 생각했다. 그것은 타당한 판단이다.

"단순한 분쟁 수준이라면 그나마 나아. 근데 화려하게 불을 지르면서까지 없애려고 했던 연구 관계자잖아? 리스크는 너무 크고 리턴은 너무 없어. 자주적으로 도움을 청해온 상대방에 한해 대가를 받고 돕는다는 게 규칙 아냐? 이 상황에 맞는 돈을 저 애가 낼 수 있을 것 같지도 않은데."

"그건 맞는데."

소지는 고개를 저었다.

"……정말 그렇지. 뭘 하고 있는 걸까, 난. ……그래도."

"알아, 못 본 척할 수 없었던 거잖아. 가끔은 뭐 어때. 적당히 융통성을 발휘하는 것도 규칙을 잘 지킬 수 있는 방법 중 하나지."

알 수 없는 말을 하면서 코타로는 어깨를 으쓱했다.

"일단 말해 둘 필요가 있다고 생각한 것뿐이야. 나로서는 에마 씨의 '못 본 척할 수 없는' 마음에 이래라저래라할 자격은 없어."

"그래?"

"그렇다고, 정말이지."

집안을 휙 둘러본다.

"신원은 알려졌다는 전제하에 움직이는 편이 좋을 거야. 당분간은 여기서 두 사람 다 조용히 있는 게 좋겠어."

"뭐, 그렇겠지. 지금 집에 가까이 가는 건 너무 낙관적인 생각이니까……. 잠깐, 두 사람?"

"두 사람."

그랬다. 고토에게 쫓길 만한 이유는 자신과 사키미 둘 모두에게 있다. 몸을 숨겨야 하는 사정도 마찬가지다.

"……그렇구나, 두 사람이라."

"응? 뭐, 좀 신경 쓰이나? 그렇겠지. 에마 씨도 젊은 남자니까. 귀여운 여자와 함께 산다면 스스로를 믿을 자신이 없으려나?"

"그런 문제가 아니야."

알고 있잖아, 하고 가볍게 노려본다.

"그건 알고 있지만."

경박한 미소를 지은 코타로가 살짝 난감한 얼굴을 했다.

"이제 와서 따로 숨길 수도 없잖아. 아무리 에마 씨가 혼자 있고 싶다고 해도 이 상황에서는 어쩔 수 없어."

"그렇겠지."

무거운 한숨을 내쉬었다.

혼자 있고 싶다는 것은 소지에게 나름 간절한 바람이었다. 그러나 지금 우선시해야 할 것이 무엇인가 따지자면 더 생각할 필요도 없었다.

"안에서 버틸 수 있는 최소한의 비축분은 준비돼 있지만, 동거인까지 포함해서 중장기가 되면 부족한 것도 생기겠지. 보급은 믿을 만한 지인한테 부탁해 둘 테니까 필요한 게 있으면 말해."

"신세를 졌네. 얼마 정도면 돼?"

"별말씀을. 나중에 청구서로 정리해 놓을게."

히히, 하고 코타로가 웃었다.

어깨가 흔들리며 액세서리가 잘그락잘그락 작게 울린다.

"나는 지금도 옛날의 에마 씨를 리스펙트 하고 있다고.

'자주적으로 도움을 청해 온 상대에 한해 대가를 받고 돕겠다'라는 그 신념도 말이야. 도움을 청해 온 이상 대가를 기대할 수 있는 범위에서 도와준다는 거잖아. 게다가."

한 박자 쉬고 다시 말을 잇는다.

"평소에는 뭐든지 혼자서 척척 해낼 것 같은 솔로 플레이어가 굳이 나를 지목해서 의지해 주고 있으니까 말야. 보수와는 상관없이 의욕이 날 수밖에 없지."

(5)

어째서 나는 이런 삶을 살고 있는 걸까.

에마 소지는 가끔 그런 생각을 한다.

물론 처음부터 이런 사람이었던 것은 아니다. 적어도 그 무렵, 6년 전만 해도 소지는 그나마 평범한 대학생이었다. 평범하기는 했지만 다른 인간보다 다소 세상 물정을 모르고 정의로운 데다 쓸데없이 행동력만 넘쳤다. 어려운 사람을 돕는 것은 옳은 일이라고 굳게 믿었고, 나아가 할 수 있는 범위에서 실행해 왔다.

생활이 다소 어려워 학원 강사와 과외 아르바이트를 몇 개나 병행하고 있었다. 그때 맡았던 학생들 중에 사나쿠라 사키미가 있었다. 당시의 그녀는 13살의 중학생으로, 즉 다소 어른스러운 생각을 하는 아이이긴 했지만 아직은 아이였다.

6년.

그것이 오랜 시간이었다는 것을 사키미를 보고 깨달았다. 13살이던 아이는 19살이 되었고, 보자마자 한눈에 알아차리지 못했을 정도로 성장했다.

6년.

아이가 어른이 될 만큼의 시간이 흘렀고, 원래부터 어른이었던 소지는 그저 낙오했다. 돌이킬 수 없는 실수를 거듭하면서 세상에 대해 조금 알게 되었고, 사람들과 관련된 일에 관해서는 겁쟁이가 되었다. 세상에 당당히 말할 수 없는 기술과 경험과 실적을 길러 그늘진 길을 택해 살아왔다.

옛날의 나와는, 조금도 닮지 않은 인간이 되었다.

◇

침실.

촌스러운 붉은색 체육복을 입은 사나쿠라 사키미가 조용히 잠들어 있다.

발열은 가라앉은 듯했다. 일단은 안심했다.

"……."

예쁜 아이라는 것을 다시금 생각했다.

외모만의 이야기가 아니다. 이렇게 조용한 자리에서 보니 상봉 직후와는 또 다른 인상이 느껴졌다. 투명하다고 할까, 덧없다고 할까. 어딘가 닿기 힘든 신비로운 분위기가 물씬 풍겼다.

그 얼굴을 보자 어렴풋이 아까의 일이 떠올랐다.

"……'에마 선생님'이라."

이 아이는 소지를 6년 전과 똑같이 불러주었다. 현재의 이 소지를, 6년 전의 에마 소지의 연장선에 있는 동일 인물일 것이라고 믿고 대해 주었다.

아마 그것 때문이리라.

왜 현재 본인이 정해둔 삶의 지침을 어겼을까. 하지 말아야 한다는 것을 잘 알면서도 나는 왜 불길 속으로 뛰어들었을까. 고토라고 하는, 재해에 지나지 않는 사건에 접근한 것일까. 왜 그렇게 해서까지 사키미를 죽게 놔두고 싶지 않았던 것일까. 그 모든 것의 이유.

그녀가 과거의 자신을 기억해 준 것이 기뻤다. 그래서 잃고 싶지 않았다. 그뿐이다.

"역시, 나는 바보네."

중얼거리듯 스스로를 비웃었다. 그렇게 나쁜 기분은 아니었다.

작은 조명의 희미한 불빛 아래 사키미의 속눈썹이 희미하게 흔들렸다.

느릿하게 눈꺼풀이 벌어진다.

의식을 되찾았구나, 그렇게 생각했다.

안도가 마음에 차올랐다. 볼이 느슨해졌다.

"사키미짱."

이름을 부르고 난 뒤에야 호칭의 위화감을 깨달았다.

지금의 그녀는 훌륭한 어른이다. 6년 전 중학생 때와 똑같이 부른다면 어린애 취급을 받고 있다고 생각하지 않을까.

아니, 뭐, 됐어. 그냥 이대로 가자. 계속 그렇게 불러놓고 이제 와서 새삼스럽다. 뭣하면 나중에 어떻게 생각하는지 본인에게 확인하면 그만이다.

"저기……."

생각하면서 말을 더듬더듬 이어나갔다.

"조금 까다로운 상황이 됐어. 많이 혼란스럽겠지만 우선은 침착하게 이야기를 들어줬으면 좋겠――."

푸르스름한 검은 눈동자가, 그 눈동자**만을** 움직여 소지를 바라보았다.

그대로 몇 초가 흘렀다.

천천히 허리의 힘만을 사용해 상체를 일으킨다.

"사키미?"

고개를 돌려 소지의 모습을 정면으로 바라본다.

마치 구체관절 인형의 관절 부분을 하나하나, 순서대로 조작하는 듯한 움직임이었다. 그제서야 뭔가 이상하다는 것을 깨달았다.

"사키……."

기분 탓이라고 소지의 마음이 외쳤다. 지금은 아직 자고 일어나서 의식이 확실하지 않은 것뿐이다. 사건의 충격으로 혼란스럽기도 하겠지. 곧 원래의 그녀로 돌아올 것이다.

서늘한 땀방울이 뺨을 타고 흘러내렸다.

"어디 안 좋아?"

"……."

대답은 없다.

오히려 반응 자체가 없다.

표정이 움직이지 않았다. 눈의 초점도 맞지 않았다. 온몸이 정말 그냥 인형 같았다.

"혹시 의식이 아직 흐릿해? 좀 더 자는 편이 낫겠어?"

고개를 끄덕여 주길 빌었다.

차라리 그런 알기 쉬운 현실적인 이유가 원인이라고 생각하고 싶었다.

그러나 그렇게 되지는 않았다. 현실적 원인에 의한 변화라고 스스로를 설득시키기엔 눈앞에 있는 이 소녀의 모습은 비현실적이었다.

이 소녀의 분위기를 조금 전 자신은 닿기 힘든 모습이라고 평가했다. 왜 그 시점에서 깨닫지 못했을까. 그것은 말 그대로 분위기가 인간의 것과는 동떨어진 것이었기 때문이었는데.

긴 머리는 금빛을 띤 채 나부끼며, 새하얀 피부는 한없이 차갑다. 옅은 진주 같은 입술이 미세하게 떨리고 있다. 푸르스름한 검은 눈동자가 텅 빈 눈으로 이쪽을 바라보았다. 기이하고, 덧없게.

눈앞의 이것은, 정말로 인간인 건가. 그런 간단한 물음에

서조차 답을 찾을 수 없었다.

"너, 는……."

입안에 솟구치는 쓴 침을 삼키며 소지는 물었다.

"너는, 뭐야?"

몇 초, 혹은 몇 분이었을지도 모르는 시간이 흐르고.

얇은 입술이 천천히 벌어졌다.

"너, 어……."

귓가에 속삭이는 듯한 희미한 목소리.

물론 친근함을 드러내려는 의도는 아닐 것이다. 어느 쪽
인가 하면 확실하게 목소리를 내는 방법을 몰라서 의도치
않게 그런 발성이 나왔다는 느낌이었다.

"나…… 하, 는——."

깜빡임 하나 없이, 초점이 맞지 않는 눈을 그저 똑바로 이
쪽을 향하고 있다.

"나, 는…… 뭐야……?"

전혀 답이 되지 않았다. 그리고 동시에 더없이 이해하기
쉬운 대답이 된 말을, 작은 소리로 내뱉었다.

둘째 날 :

가끔 생각합니다.

사실은 내게 보이는 세상의 모든 것은 보드판과

지푸라기 인형으로 이루어져 있고.

나 혼자만 그 사실을 모르고,

우스꽝스러운 인형극 속을 살고 있는 것은 아닐까.

——사와라 카즈미 『자아낸 성』

그녀에게는 아직 이름이 없다

코타로에게 빌린 노트북을 실행했다.

단단하게 굳힌 샌드박스를 준비한 뒤 USB 메모리를 꽂았다. 간단한 비밀번호를 입력하라는 창이 떴지만 브루트 방식으로 풀리는 정도의 단순한 것이었다. 툴을 가동하고 2초도 안 돼 풀렸다.

몇 개가 늘어선 파일 중 하나, '간이 보고서'라고 이름 붙여진 것을 열었다. 아마 회사 상층부에 제출해야 할 보고서였던 것인지, 간략한 데이터가 포함된 다양한 연구 보고서가 거기에 있었다.

"맙소사……."

이 연구를 태우기 위해 연구동이 불에 탔다. 사나쿠라 켄고가 죽고, 사나쿠라 사키미가 쓰러지고, 고토의 눈에 들게 된 것이다.

어젯밤 사키미가 가져온 것이다. 아마도 사키미가 오늘 연구동을 찾게 된 이유인 '아빠의 분실물'은 이걸 말하는 거겠지. 이야기를 들었을 때도 어이가 없었다. 실제 내용물이 이 정도라면 가히 충격 수준이었다.

보안 툴은 당연하다는 듯이 침묵하고 있다. 바이러스를 포함한 공격 프로세스가 시작될 기미는 전혀 보이지 않았다. 아무래도 이것은 미끼 같은 것이 아니라 정말 본체, 그냥 기밀 서류인 것 같았다.

"이런 걸 집에 가지고 갔던 건가……."

머리가 아파왔지만, 그곳의 허술한 보안을 이제 와서 한탄해도 소용없다. 그리고 지금은 그런 일에 쓸 시간이 없다.

정신을 다잡고 내용물을 훑어보았다.

『나, 는…… 뭐야……?』

조금 전 그 한마디를 내뱉은 후, 사나쿠라 사키미—— 적어도 어제 저녁까지는 그녀였던 그 인물은 괴로운 듯 얼굴을 찌푸리더니 의식을 잃었다.

더는 열은 나지 않았다.

소지는 잠시 멍하니 그 잠든 얼굴을 바라보다 정신을 차리고는 이내 사태 파악을 위해 움직이기 시작했다.

그녀가 더는 사키미가 아니라는 결론을 현실이 알려주고 있었지만, 그것을 쉽게 받아들일 수가 없었다. 근거는 자신이 받은 인상뿐이고, 황당함을 넘어서서 현실적이지도 않았다. 일시적인 기억의 혼란이라고 생각하는 편이 타당하다고 할지, 그나마 현실감 있는 유일한 답변이었다.

그래서 그것을 뒷받침할 만한 답을, 거기에 도달하기 위한 단서를 찾았다.

"……출처불명의 수수께끼 육편."

소지는 생물 분야에 딱히 밝지는 않았다. 전문적인 기술은 건너뛰고 이해할 수 있는 부분만 쫓았다. 그럼에도 알 수 있는 것은 많았다.

"콜 와다에…… 유령의 심장?"

이상한 이름이라고 생각했다. 계속 읽어 나갔다.

만능 세포와 같은 성질을 지닌다.

다른 생물의 세포에 녹아들어 융화되고 곧 일부가 된다.

그렇군. 실로 상품 가치가 있을 법한 이야기다. 뭐랄까, 적혀 있는 내용은 대부분 SF 영화의 영역이다. 실용화된다면 인류의 미래에도 큰 영향을 끼칠 것이다.

사람의 상상력이 미치는 수준의 일이라면 이 세상의 누군가가 실현할 수 있다——라고, 오래된 SF작가가 한 말이었을까. 이게 사실이라면 회사의 차기 주력 상품으로 기대를 한 몸에 받은 것도, 전무파가 위험시하는 것도, 파괴하러 온 것도 모두 수긍이 갔다.

"그때, 그건가."

생각나는 것은 그 실험실 C에서 보았던 연분홍색의 무언가. 성공했다면 인류의 미래를 짊어질 수 있었을 그것은, 아마 모두 재가 되었을 것이다.

"……생쥐를 사용한 실험에는 성공. 그 후 지능 테스트에 변화가 있었고……."

사용된 생쥐에게 『알제논』*이라는 이름이 붙었다는 것을 알고 작게 웃고 말았다. 세계에서 가장 유명한 실험용 생쥐의 이름을 조금도 비틀지 않고 그대로 빌렸다. 아무리 생각해도 너무 허술하다.

---

* 국내에는 '앨저넌에게 꽃을'이라는 이름으로 출판된 도서에 등장하는 생쥐.

계속 읽어나갔다. 알제논, 그러니까 문제의 생쥐는 그 후 지능 테스트에서 우수한 성적을 냈다. 단순히 뇌의 능력이 상승했다고 보는 연구자도 있었지만, 리포트의 작성자인 사나쿠라 씨 본인은 아무래도 회의적인 입장을 취하고 있는 것 같았다. 똑똑하다거나 어리석다거나 하는 문제를 떠나서, 생쥐라는 생물에 걸맞지 않은 판단을 내리고 있는 것처럼 보인다고. 그는 그렇게 생각하고 있었다.

——이것은 정말로, 아직도 생쥐라고 부를 수 있는 생물인가?

아마 지우려던 것으로 보이는 메모에는 그런 한 문장이 적혀 있었다.

'아아…….'

찾던 답이 거기 있었다. 절망적인 심정으로 천장을 올려다보았다.

사나쿠라 켄고의 이 걱정은 다시 말해 정답이었던 셈이다.

그 수수께끼 세포, 콜 뭐라고 하는 것을 받아들인 알제논은 이전과 같은 실험용 생쥐가 아니게 된 것이다.

같은 세포를 받아들인 사나쿠라 사키미가, 지금까지의 사나쿠라 사키미와는 다른 생물로 변해버린 것처럼.

기억 전이라는 말을 들은 적이 있다.

장기가——안구나 간, 심장 등이 다른 사람에게 이식됐을 때, 이식원의 기억이나 감정이 남아서 이식된 사람에게 영향을 끼치는 현상을 말한다. 그런 것을 주제로 한 픽션도 몇 가지 본 적이 있다.

그러나 그것은 어디까지나 가공의 개념.

현실에서 그런 일은 있을 수 없다고 알려져 있다.

물론 현실에서도 그런 사례가 많이 보고되기는 하지만, 의학적으로는 그 모든 것이 착각 등의 종류로 해석되고 있다. 장기 이식에 이르기까지의 상황 및 이식을 한다는 상황 자체에서 생기는 스트레스가 그렇게 느끼게 하고 있을 뿐이라고.

노트북에서 고개를 들었다.

커튼 사이로 빛이 비쳐드는 것이 보였다.

아침이 왔다.

◇

침실 문을 열었다. 커튼에서 새어나오는 햇빛을 받으며 사키미는 표정 없는 얼굴로 침대에서 상반신을 일으키고 있었다.

기척을 알아차린 듯 이쪽으로 고개를 돌린다.

인형 같다는 인상은 어젯밤과 다르지 않다.

어떻게 대해야 하나 망설였다.

"……내 목소리가 들려?"

거리를 둔 채 물었다.

"응."

천천히 소녀의 목이 세로로 움직였다.

"말을 이해하고 있구나."

"응."

미지의 생명체와의 대화가 성립하고 있다. 아아, 이런 체험 자체가 이미 SF다.

"너는 사키미가 아니지?"

잠시 기다렸다.

답은 없다.

"너 자신에 대해 떠오른 건 있어?"

침묵한다. 대답할 수 없는 건가, 라고 생각했다.

그대로 시간이 흘러 소지가 다음 물음을 던지려 할 때, 여자의 입이 열렸다.

"구분이, 안 돼."

"그건……."

말이 적은 그녀가 무슨 말을 하려는지 읽기란 쉽지 않았다. 생각했다.

지금의 대답을 있는 그대로 해석한다면 자신 안에 있는 지식이 '떠오른' 것인지, 아니면 다른 무언가인지 판별할 수 없었다. 적어도 그런 느낌이었다.

'떠오른다'는 것은 자기 자신의 기억에 대해 쓰는 말이다. 그러니까 사키미 자신과 **사키미가 아닌 누군가**, 복수 주체의 기억이 섞인 와중이라면 사용하기 어렵지 않을까.

"나는."

띄엄띄엄, 여자의 모습을 한 그것이 말했다.

"나는, 뭐, 야?"

말만 들으면 그야말로 사춘기의 방황 같은 대사였다.

그러나 이 경우 그 의문은 너무나도 무겁고, 그리고 뒤섞여 있었다.

"……아까와 비교해서 상당히 매끄럽게 말하게 됐네."

무표정한 채로 잠시 생각에 잠겼다.

"여기."

그때, 가볍게 쥔 주먹을 자신의 가슴팍에 가져갔다.

"**사키미**한테 조금씩, 빌리고 있어."

"숙주의 기억도 읽을 수 있나?"

"조금씩, 이라면."

소지는 생각했다.

평범하게 생각하면 인간의 기억은 뇌에 저장돼 있어야 한다. 그리고 생각을 할 때에도 뇌를 쓴다. 사키미의 몸 속에 있는 이 녀석도 아마 뇌를 빌려서 사고하고 있을 것이다. 그러나 빌린 뇌는 어디까지나 빌린 것, 본래의 소유자와 똑같이 다룰 수 있는 것은 아니다.

구체적으로는 무수한 기억을 서로 연결하고 있는 시냅스를 이용할 수 없다거나, 뭐 그런 것들이다. 기억이 거기에 있다는 것을 일일이 확인하고 수고와 시간을 들여 꺼내지 않으면 개별적인 항목을 건드릴 수 없다.

이미지로 보자면 거대한 사전을 안고 있는 느낌일까. 지식은 분명 그곳에 있지만, 일일이 페이지를 넘기지 않으면 읽을 수 없다.

반대로 말해 읽으면 자신의 것처럼 다룰 수 있게 된다는 뜻이기도 하다. 시간이 지남에 따라 이 녀석은 사나쿠라 사키미의 지식과 경험을 자신의 것으로 만들어 갈 것이다.

"사키미의 기억에서, 인간의 **마음**의 형태를, 배웠어. 아직 미형성? 미완성? 이지만 비슷해."

'아아, 그걸 보고 따라한 거구나.'

사람이 아닌 것이 사람의 정신 구조를 단독으로 갖고 있지 않다는 것은 확실한 진리였다. 원래대로라면 모방하려고 해도 할 수 있는 것은 아니었지만, 사람의 몸을 통째로 빼앗은 다음이라면 말이 아예 안 된다고 할 수도 없었다.

"네 목적은 뭐야? 그대로 그 몸을 완전히 **빼앗**을 생각인 건가?"

그럴 위험성도 있을 것이라 생각했다.

시간이 지나면서 사키미의 기억에 익숙해져 간다. 이 추측이 맞다면 조만간 사키미처럼 행동할 수도 있게 된다. 주위의 누구에게도 들키지 않고, 그 인생을 통째로 **빼앗**는 일도 가능하다.

"나는."

툭, 여자의 입술은 어딘가 연약하게 대답을 털어놓았다.

"모르겠어. 나는, 나를, 이해하지 못해."

그러니 나 자신의 목적도 모른다. 그렇게 말하는 듯했다.

뭐, 그건 그런가.

자신이라는 것의 존재를 조금 전 처음 깨달은 존재에게 미래에 대한 계획을 추궁한들 의미가 있을 리 없다.

'정말 뭐냐고, 이 전개는……'

어쨌든 지금 이 자리에서는 더 이상의 문답이 의미가 없어 보였다.

그렇게 결론을 내린 순간 온몸이 피로를 호소했다. 당연하다. 어제부터 뛰어다니다가 비를 맞고 머리를 싸매고 그 끝에 맞이한 것이 지금 이 아침이다. 한동안 식사도 하지 않았다. 이 상태에서 멀쩡할 수 있을 정도로 초인은 아니다.

간단히 배를 채우기 위해 몸을 일으켰다.

애초부터 예상치 못한 장기체류를 상정하고 있던 곳인 만큼 보유된 비축물도 나름대로 준비되어 있다. 색감이나 맛이 있는 것들은 아니지만 세세한 것을 따질 만한 상황도 아니다. 잠시 고민하다가 구석의 종이 상자에서 이온 음료와 젤리 음료 몇 개를 꺼냈다.

조금 생각하고는,

"너도 먹어둬. 그 몸이 쇠약해지게 놔둘 수는 없으니까."

그렇게 말하며 하나를 던졌다.

지금의 그녀의 몸이 식사를 받아들일 수 있을지는 솔직히 모르겠다. 하지만 위험을 두려워해서 금식하게 할 수도 없다. 그래서 관망할 생각으로 일단 소화 기관에 부담이 가지 않을 만한 것을 건네주었다.

"먹는, 다……."

"컨디션을 유지하기 위한 영양소를 경구로 섭취한다."

약간 거친 말투가 나와 버렸다. 하지만 당연하게도 여자는 기분 나쁘게 여기는 기색도 없이 받은 젤리 음료를 멍하니 바라보았다.

"……먹는, 다?"

여자의 고개가 약간 기울어졌다.

손끝이 포장에 닿았다.

누르거나 쓰다듬거나 주물럭댄다.

플라스틱 마개도 건드린다. 밀어보고, 리듬감 있게 두드려보기도 한다.

잠시 후에야 그 마개가 돌아간다는 것을 알아차린다. 혹은 사키미의 머릿속에 있던 지식을 그제서야 잡아챈 것일까. 어쨌든 곧 마개가 열리고, 안에 있던 내용물이 넘쳐흘렀다.

가만히 그것을 보더니 혀끝으로 조금씩 핥기 시작한다.

마치, 작은 동물 같았다.

순간 그렇게 생각했고, 직후 소지는 얼굴을 굳혔다.

그야말로 햄스터나 그 비슷한 무언가 같다고, 귀여운 행동이라고, 그렇게 느꼈다.

호의적인 인상을 품었다.

눈앞에 있는 것은 괴물이고, 사람이 아닌, 인지를 초월한 존재다. 사나쿠라 사키미의 몸을 약탈한 해로운 물체다. 경계해도 지나치지 않은 상대다. 그렇게 머리로는 이해하고 있다. 이해는 하는데, 조금 귀여운 행동을 보았다고 적의가 희박해졌다.

'웃기지도 않는 소리.'

몸을 일으켰다.

이런 상황 자체를 견딜 수 없었다.

한시라도 빨리 어떻게든 해야 한다. 그 생각이 지친 소지의 몸을 억지로 움직이게 했다.

"……먹는다……."

조그맣게 뭔가를 중얼거리더니 젤리 음료에서 입을 떼고 소녀가 소지를 바라본다. 그 시선을 뿌리치듯 방을 나섰다.

(2)

『의사한테 간다고?! 잠깐만, 어제도 그렇고 오늘도 그렇고, 진짜 진심으로 하는 말이야?!』

아니나 다를까 코타로는 놀랐다.

"진심으로 하는 말이야. 사정이 복잡해서 자세한 얘긴 나중에 하겠지만 비상 상황이다. 그리고 고토가 지금 어떻게 움직이는지도 듣고 싶어."

『아…….』

말끝을 흐리며 잠시 침묵이 이어졌다.

『지금은 괜찮아. 언뜻 봐선 사람을 찾는 것 같은 움직임은 없어. 하지만 그렇다고 해서 방심할 수 있는 상황은 아닌데?』

"알아. 쓸 수 있는 수는 다 써서 갈게."

『쓸 수 있는 수라. 가장 최선의 수는 이동하지 않는 건데 말이지……. 아우, 하여간.』

뭔가를 떨쳐낸 듯, 코타로가 기합이 들어간 목소리로 말했다.

『적어도 도보와 전철은 안 돼. 지금 차를 보낼 테니까. 자세한 이야기는 가는 와중에라도 들을게.』

그렇게 말하고는 일방적으로 통화를 끊었다.

아아, 그래. 차라는 수도 있었구나, 하고 소지는 생각했다. 그런 단순한 일조차 생각할 수 없을 정도로 그는 지금 초조해하고 있었다.

"……정말로 살았어, 여러 가지로."

스마트폰을 향해 고개를 숙였지만, 당연하게도 뚜뚜- 하는 전자음밖에 돌아오지 않았다.

◇

카도사키 외과 병원은 역에서 한참 떨어진 비즈니스 거리 변두리에 있다.

설비도 잘 갖춰져 있고 의사의 실력이 나쁜 것도 아니지만 불편한 장소에 있어서 그런지 일반적인 손님들은 거의 들르지 않는다. 하지만 일반적이지 않은 이용객들은 꽤 많다.

이곳에서는 손님이 그러기를 바라면 상처나 병의 사정을 캐묻지 않고 기록에도 남기지 않고 치료를 해 주었다. 물론 보험을 쓸 수 없기 때문에 정규 유통 약품은 사용할 수 없다. 입막음료도 당연히 발생하기 때문에 청구액은 무섭도록 늘어난다. 그러나 도저히 일반적인 의사에게 진찰을 받을 수 없는 사정을 가진 사람에게는 어쨌든 고마운 곳이다.

흔히 말하는 어둠의 의사지, 일전 소지는 가벼운 마음으로 그렇게 말한 적이 있다.

『실례되는 소리 하지 마, 또 같은 소릴 하면 발로 차버린다.』

그리고 노성과 함께 언짢은 얼굴을 한 여의사에게 있는 힘껏 엉덩이를 걷어차이곤 했다.

"오늘도 또 귀찮아 보이는 환자를 데려왔구나."

그 여의사는 어이없다는 듯, 감탄한 듯한 묘한 목소리로 투덜거렸다.

이런 이야기를 '귀찮음' 한마디로 끝내버린다.

"고마워, 덕분에 살았어."

모자와 선글라스——최소한으로 변장한 것이다——아래로 감사를 전했다.

"흥."

콧방귀를 뀐 여의사가 머리를 쓸어올렸다.

나이는 칠십에 가깝다. 그러나 꼿꼿한 자세와 소지보다

주먹 하나 큰 장신을 보면 그런 인상은 느껴지지 않는다. 그러면서도 깊게 패인 주름투성이 얼굴과 긴 흰머리는 그 나이의 모습. 동화 속 나쁜 마녀와 똑같아서 실제로도 그렇게 말하며 우는 아이의 모습을 소지는 여러 번 본 적이 있다.

"너도 마찬가지야. 여전히 끔찍한 몰골이구나. 잠은 잘 자고 있는 거냐?"

적어도 어젯밤에는 한숨도 못 잤다. 하지만 그녀가 말하는 건 그런 수준의 안색을 뜻하는 것이 아닐 것이다

"요즘 꿈자리가 좀 안 좋아서."

"네 꿈자리가 좋았던 적이 한 번이라도 있었나? 그러다 머지않아 죽을걸."

"나는 괜찮아. 그것보다 그 애 좀 봐줘."

"알고 있어."

나이 든 여의사가 내민 봉투를 받아들었다. 내용물을 확인한다.

한 장의 X선 사진이 들어 있다.

"이건……."

초보자가 봐도 확실히 알 수 있을 정도로, 그 이미지는 이상했다.

하얀 음영이다.

색깔이 짙은 것은 아니다. 거기에 이상이 있다는 것을 처음부터 알고 있지 않은 이상 지나칠 정도의 수준이었다. 하지만 작지도 않았다. 왼쪽 옆구리를 중심으로 마치 균사처

럼 깊게 뿌리를 내리듯 펼쳐져 있다.

정체불명의 이물질이 몸의 많은 부분을 침식하고 있었다.

"X선 흡수율은 실질장기에 가까워. 하지만 조금 달라. 그래서 간신히 X선 사진에 나오는 정도다. 놀라운 건 혈관이나 신경이야. 극히 일부 모세혈관을 제외하고는 이 음영이 있는 곳을 통과하는 것들엔 아무런 이상이 없어. 거절 반응같은 흔적도 없고. 인공 장기 유형으로 보기엔 너무 자연스러워서 눈을 의심할 수준이구나."

해설을 반쯤 흘려들었다. 거기에 새로운 정보는 없었다.

"내가 묻고 싶은 것은 적출할 수 있느냐다."

"그건 무리지."

즉답을 받았다.

"그 사진을 보면 알잖아. 그렇게 광범위한 살과 내장을 도려내고 살아갈 수 있는 인간은 없어. 상식적인 의학선에서 생명을 이어붙일 수 있는 수준도 아냐. 애초에 지금은 안정돼 있어도 언제까지 계속될지는 알 수 없다. 내일이라도 온몸이 녹아서 걸쭉한 슬라임이 되도 이상하지 않지."

"그 부분을 어떻게 좀 해결해 줄 수 없을까."

"나에게 매달리는 것보다 차라리 신에게 비는 게 나을걸."

가볍게 손을 휘젓는다.

"애초에 육편에 인격이 깃들어 있다는 얘기부터가 확실하지가 않아. 이 하얀 것을 계기로 새로운 인격이 태어난 것뿐이라면, 적출해 봤자 새로운 인격은 그대로 남을 거다."

그건…… 물론 그렇겠지.

"이봐."

여의사는 조금 목소리를 낮추었다.

"농담이 아니라 노파심에 말하는 건데, 앞으로는 뒷배 없이는 엄청나게 위험할 거다."

반박하려는 소지를 손을 올려 제지했다.

"설마 정말로 아무 뒷배도 없이 혼자서 기업 항쟁에 정면으로 맞설 생각이냐? 본인이 벌이는 일의 위험조차 이해 못하는 바보는 오래 살 수 없다. 애초에 너답지도 않고 말야."

확실히, 그건 그렇다.

"연구 시설을 운영하던 세력에 의지하거나, 습격한 쪽 세력에 넘겨주거나. 그 둘 다 싫으면 믿을 만한 다른 조직을 찾아 몸을 의탁해. 적어도 너 혼자 계속 숨겨봤자 상황은 진전되지 않을 거다."

역시, 지당할 만큼 맞는 말이다.

"상황이 좀 그래. 사키미의 구출을 우선시해 줄 만한 조직은 현재로선 없어."

"그럼 저 애를 버려야지."

아아, 정말이지.

어제의 코타로에 이어 비슷한 내용의 정론이었다.

알고 있다. 누가 어떻게 생각해도 그런 결론이 나오는 게 당연하다. 나는 그 당연한 것을 못 하고 있기 때문에 이렇게 계속해서 지적을 받는 것이고.

어째서 나는 이런 삶을 살고 있는 것일까.

에마 소지는 가끔 그런 생각을 한다.

답은 뻔하다.

처음부터 이런 사람이었던 것은 아니다. 6년 전의 나는 평범한 대학생이었다. 어려운 사람을 돕는 것은 옳은 일이라고 믿고 그렇게 행동해 왔다.

그래서 모든 것을 잃었다.

굴러 떨어진 인생의 밑바닥에서 침입이니 절도니 하는 기술을 익히고, 그 기술을 활용하는 일을 생업으로 삼고, 태양을 등지고 어두컴컴한 어둠을 기어다니면서 살았다.

차라리 얼굴과 이름을 바꾸고 다른 삶을 사는 편이 나을지도 모른다. 그래, 여러 번 생각했다. 남에게 권유를 받기도 했다. 그러나 결심을 할 수는 없었다. 진작에 잃었을 에마 소지의 삶의 잔재에 매달리고 말았다. 아직 나만이 할 수 있는 일이 있지 않을까 하고. 그래서, 그러니까.

……왜 자신은 이런 인생을 보내고 있는 것일까, 라며 오늘도 반복한다.

"내 생각에 네 지금 생활 방식은 아슬아슬하게 합격점을 넘어선 정도다. 자주적으로 도움을 청해온 상대방만을 대가를 받은 뒤 돕는다. 이건 네가 살아가는 데 중요한 일선이지. 그 정도에서 끊어내지 않으면 너처럼 서투른 놈에게 이 삶은 너무 버거울 테니까."

"……그럴지도."

비슷한 말을 반복하는 것밖에 할 수 없었다.

"과거의 실패에서 아무것도 배우지 못했어. 나는 바보야……. 하지만 역시 여기서 버리는 건 못 해."

그런 말을 하고 애매하게 웃을 수밖에 없었다.

"전부, 내 이기심이야. 늘 엮이게 해서 미안하다고는 생각해."

"……."

여의사는 잠시 말없이 이쪽을 바라보았다.

"뭐, 그렇지. 그렇다면 이 이야기는 여기까지만 할까."

가볍게 내뱉고 손뼉을 친다.

그런 부분까지 코타로와 같다. 지적을 한다. 충고를 한다. 하지만 최종적으로는 의지를 존중해 준다.

"저것에 관해 내가 할 수 있는 말은 두 가지뿐이야. 저 애는 육체적으로는 건강한 인간이다. 거의 평범한 인간을 상대한다고 생각하고 의식주를 돌봐주도록 해."

"거의?"

어깨를 축 늘어뜨린 채 힘없이 묻는다.

"대사 활동이 완전히 똑같지는 않은 것 같으니 말야. 자신의 본질을 간직한 채 인간의 세포로 의태하고 있어. 거기에도 다소의 에너지는 사용되겠지. 그러니 뭐, 좀 더 많은 식사량이 필요할 거다."

"음……."

고개를 끄덕이고 나서 혹시나 싶어 물어보았다.

"밤마다 돌아다니며 인간을 잡아먹는다든가, 뭐 그런 전개인가?"

"발상이 딱 80년대 공포 영화구나. 너 몇 살이냐."

요즘은 옛날 영화도 인터넷으로 볼 수 있기 때문에 영화의 상영 연대와 보는 사람의 세대가 일치한다고는 할 수 없다…… 라며 반사적으로 반론이 튀어나왔지만 삼켰다. 오래된 영화를 즐겨 본다는 사실은 변하지 않고 애초에 이야기가 주제에서 벗어난다.

"뭐, 필요 영양소만 얘기한다면 굳이 인간을 먹어야 할 이유는 없겠지. 소화에 사용되는 것이 인간의 위인 이상 효율도 나쁘고 말야. 물론 절대 없다고는 단언할 수 없지만."

그건 그렇다. 정체불명의 존재에 관한 가설을 증명할 수 있을 리 없다. 오히려 그럴듯한 가설을 세우고 있다는 것만으로도 놀라울 정도다.

"……또 한 가지는?"

"음?"

"할 수 있는 말은 두 가지뿐이라고 했잖아. 다른 하나는 뭐야."

"아, 그건 말이지."

문이 열리는 소리가 났다.

고개를 들어 그쪽을 보았다. 간호사 제복을 입은 여성 한 명과, 그녀의 손에 이끌려 쭈뼛쭈뼛 걸어오는 원피스 차림의 여성 한 명.

'……어?'

"알몸에 운동복 같은 수상한 차림으로 나이 어린 여자를 데리고 다니지 말라는 거지. 뭐 하는 사람이냐고 추궁당하면 어쩔 거냐?"

"제 사복이 사이즈가 딱 맞더라고요."

간호사복을 입은 쪽의 여성이 어딘가 자랑스러운 얼굴로 당당하게 말했다.

"갈아입을 만한 옷도 몇 개 골라서 나중에 보내드릴게요. 으음, 대금은 청구해도 되는 거지, 할머니?"

"그래, 여기 있는 샌님이 다 가져다줄 거다."

"네~. 그럼 분발해서 준비해 올게요."

콧바람과 함께 기합이 담긴 포즈를 취한다……. 하지만 그 모습은 소지의 눈에 들어오지 않았다.

소지는 또 한 명의 여자를 멍하니 바라보았다.

한마디로 말해, 사랑스러운 옷차림이었다.

시원한 연파랑색 원피스. 그 위에 라임 그린색 가디건을 걸치고 있다. 가벼운 색의 조합이 어딘가 투명한 **소녀**의 분위기를 그대로 감싸주고 있었다.

화려한 치장이나 눈부신 아름다움 같은 것은 없다. 전체적으로는 소박했다. 하지만 조금 전까지의 운동복 차림은 당연하게도 꾸밈과는 무관한 것이었고, 어제 재회했을 때의

옷차림도 투박했었다. 그 양쪽보다, 묘하게 젊은 감각으로 차려입은 지금의 이 모습이 그녀에게 더 잘 어울렸다.

눈에 띄지 않는 아이라는 장식을 벗은 지금의 외모는, 평범하게 사랑스러웠다.

그래. 잘 어울리는 건 확실하다. 그렇긴 한데.

"음, 뭐야? 반하기라도 했냐?"

"아니, 그런 게 아니라."

소지는 약간 굳은 얼굴로 여의사를 보았다.

"뭐랄까, 이건 완전 여자애 같지 않아?"

"실제로 여자애잖아."

"그건…… 그렇긴 하지만."

당혹감이 느껴졌다.

이 소녀의 몸은 사키미의 것이고, 그 외양은 실제로 인간 소녀 그 자체인 것이다.

피에 얼룩졌을 때도 그렇지만 운동복 차림일 때도 비상사태의 모습으로 받아들였기 때문에 굳이 의식할 필요가 없었다. 그래서인지 좀 그럴싸하게 치장한 것만으로도 큰 위화감이 느껴졌다.

내용물은 정체를 알 수 없는 괴물이라는 의식이 희미해질 것 같다.

"썩 내키지 않는다는 마음은 알겠지만 말야. 저것이 인간이 아니라는 것에 너무 구애받지 않는 편이 좋아."

입을 가까이하고, 아주 작은 목소리로, 마음을 꿰뚫어 본 듯한 말이 들려왔다.

"자아가 옅은 만큼 솔직한 아이다. 키프로스 섬의 왕 이야기를 하려는 건 아니지만, 가까이 있는 네가 계속 괴물만을 찾고 있다면 언젠가 진짜 괴물이 될 수도 있어. 그런 네 바람에 부응하기 위해서 말이지."

그리스 신화에서 키프로스 섬의 왕 피그말리온은 자신이 조각한 여성상을 사랑하며 사람으로 대했다. 그 진지한 모습을 본 여신이 조각상을 진짜 인간으로 바꿔주었다고 한다.

물론 전설 그 자체는 전설일 뿐이지만, 사람이 사람에게 바라는 모습이 대상자의 퍼포먼스를 바꾼다는 현상은 실제로도 존재한다. 교육심리학 용어로 그 왕의 이름을 따서 불리고 있다.

"……알았어."

망설임을 한숨으로 토해냈다.

"옷 갈아 입혀줘서 고마워. **사키미한테는** 잘 어울려."

"음, 뭐, 아슬아슬하게 합격점이려나."

그렇게 말한 여의사는 어깨를 으쓱했다.

(3)

병원을 나서는 순간 열기가 온몸을 감싸왔다.

"더워……."

무심코 입 밖으로 나온 말.

뒤돌아보았다. 바로 뒤에서 소녀가 따라오고 있다. 표정은 변하지 않고 멍한 채로, 기온의 변화에 무언가를 느끼고 있는지도 모른다. 애초에 무언가 깨닫고 있는지조차 모르겠다.

인간다움이 결여된 그 모습에 묘한 짜증이 치밀었다.

"이쪽이야."

소지는 재촉하면서 걷기 시작했다.

조용히, 기척이 뒤를 따라온다.

매미 소리가 시끄럽다. 여름은 그런 것임을 알면서도 짜증이 배가됐다.

조금 걸어간 곳에 코타로의 차가 세워져 있었다. 그리고 코타로 본인은 바로 옆 흡연소에서 담배를 피우고 있다. 가까이 가자 곧바로 이쪽을 알아차리고 스마트폰에서 고개를 든다. 그리고 '와우'하고 작게 입을 움직인다.

"이거 놀랐네, 미인이었잖아."

"쓸데없는 소리 말고 빨리 가자. 서서 얘기할 여유 없어."

"그것도 그렇지."

찰싹 이마를 두드리고는 담배를 휴대용 재떨이에 쑤셔넣었다.

코타로가 소유한 차는 모두 창문에 짙은 코팅이 되어 있다. 올라타면 주변 사람들의 시선을 받을 위험은 어느 정도 줄일 수 있다.

"여전히 대단한 할머니네. 신기한 생물을 느닷없이 가져왔는데도 평범하게 진찰해 주고 말야."

그것이 원내의 대화를 전해들은 코타로의 감상이었다.

"내심 '과학으로 설명할 수 없는 일은 이 세상에 존재하지 않아!'라고 외치면서 머신건을 연사하는 식의 리액션을 기대했는데."

"그런 기대를 왜 해. 그러면 우리가 벌집이 되잖아."

"거기는 뭐, 사랑의 힘 같은 걸로 대충 살아남으면 되지."

"대충 같은 소리 하지 마. 그리고 사랑이라는 소리도 말고. 그런 종류의 감정은 없어."

"에이, 이렇게 미녀로 둔갑했는데. 아직도 사랑의 싹이 안 텄다고?"

"미인인 건 사키미, 얘가 아니야."

"젊고 건강한 남자의 하체는 이성과는 다른 논리로 움직이는 법이지."

"그……."

그 순간 머리에 피가 오를 뻔했다.

숨도 막혔다.

목 안쪽에서 얽힌 숨을 풀어주듯 깊게 심호흡을 한 번 했다.

"……그런 일은 없어."

그것만은 무리라는 뜻을 담아 전했다.

"미안."

실언을 눈치챈 것인지 코타로가 잠시 표정을 흐렸다.

정말 한순간이다. 금세 평소의 명랑하고 수상쩍은 미소를 짓는다.

"뭐, 어쨌든 말야. 이래 봬도 나 걱정 많이 했어."

"뭐를."

"에마 씨, 그동안 한심한 남자들을 위해서만 굴러왔잖아."

히죽히죽, 딱히 품위가 느껴지지 않는 미소를 지으며 말한다.

"평범한 남자라면 목숨을 걸 상대는 흑심으로 고르는 법이야. 오직 미녀나 미소녀일 것, 그리고 가끔가다 우정이나 의협심 같은 걸 추구하는 정도지."

"……갑자기 대단히 극단적인 논리를 펼치는군."

"아니, 일반론이지, 이건. 남자가 영웅이 되는 건 히로인을 위해. 이게 세상의 이치야."

힘 있게 단언한다.

"그러니까 지금까지의 에마 씨가 이상했던 거라고. 세상을 얕보는 망할 애송이나, 남의 말이 통하지 않는 뚱보 아저씨나, 잘난 척만 하는 안경잡이나, 그런 녀석들만 도와왔잖아. 안 해도 될 고생만 죽어라 하고, 진짜 죽을 위험까지 처해가면서 말이야."

핸들을 잡은 채 어깨를 으쓱한다.

"어쩌면 에마 씨는 그런 남자밖에 히로인으로 보지 못하는 성벽이 아닐까. 난 솔직히 그런 의심도 좀 하고 있었다고."

오해가 풀렸다면 다행이다.

신음하듯 대답했다.

"하여간, 이놈이고 저놈이고 비슷한 말이나 해대고."

코타로가 으하하 경쾌하게 웃으며 핸들을 돌렸다.

경치가 뒤로 흘러갔다.

이 하가미네시에는 그다지 기쁘지 않은 역사가 있다. 과거 버블기에 대규모 관광지화 계획이 제기되면서 낡은 목조 건축물을 철거하고 번쩍번쩍 빛나는 건물들이 난립한 것이다.

바다가 보이는 8층짜리 호텔, 세련된 기념품 가게가 가득 자리한 해안가 거리, 수족관에 병설된 향토 자료관, 남쪽 나라를 연상시키는 야자나무 계통 가로수, 유명지의 레스토랑이 여럿 들어올 예정이었던 푸드코트.

그러니 거리 풍경만은 보기 좋았다.

대형 관광지 못지않게 다듬어진 외관은 수십 년이란 세월이 흘러 한참 낡아버린 지금까지도 그 모습을 엿볼 수 있었다.

참고로 그 공들인 관광업 계획은 당연하게도 거품 붕괴와 함께 무산되었다. 무수한 인파로 붐빌 것이라 예상됐던 거리에서는 채 백 명도 안 되는 사람만이 걷고 있는 것이 지금의 현실이다.

아마도 그 때문이겠지. 딱히 특징이랄 것이 없는 흔한 거리의 풍경을 보면 가끔 어딘가 모르게 공허함이 느껴졌다.

"그러고 보니 할머니가 나에 대해선 뭐라고 했어?"

그렇게 물어보며 코타로가 카 오디오를 조작한다. 조금 오래된 여름의 스테디셀러 곡이 스피커에서 흘러나왔다.

"아니, 딱히. 뭐야, 너 아직도 그 할머니 싫어해?"

"싫다기보단, 그 반대랄까? 저쪽이 나를 벌레 보는 듯한 눈으로 보고 있거든. 솔직히 말하면 정말 취급까지도 벌레 대우야. 동그랗게 말린 신문지로 얻어맞는다든가 스프레이를 뒤집어쓴다든가."

거기까지 말하고 나서 가볍게 웃는다.

"뭐, 전부 자업자득이니 어쩔 수 없지만 말이야."

"고생이 많아."

"야아, 상냥하다니까, 에마 씨는. 에마 씨가 그렇게 말해 준다면 난 이제 아무한테도 인정 못 받아도 괜찮아."

아아, 그래, 그래.

신나게 떠들어대는 가벼운 대화를 반쯤 흘려 넘기며 소지는 창밖을 내다보았다. 청명한 푸른빛의 그라데이션. 코팅된 창 너머로 올려다본 하늘은 어제 내린 폭우가 거짓말이었던 것처럼 맑게 개인 모습을 하고 있었다.

문득 묘하게 조용하다는 생각이 들어 뒷좌석을 보았다.

젊은 소녀의 모습을 한 **그것**은 멍한 얼굴로, 그럼에도 뚜렷한 흥미를 드러낸 채 창밖의 경치를 보고 있었다. 편의점, 분양 주택, 복합 빌딩, 음식점, 버스 정류장, 또 다른 편의점, 우체통, 경쾌하게 산책 중인 개와 주인…… 눈에 보이는 것들 하나하나를 쫓아 눈동자가 어지러이 움직인다.

여전히 감정을 읽을 수는 없지만 바깥 풍경에 흥미를 갖고 있다는 것만은 짐작할 수 있었다.

사키미의 기억을 읽을 수 있다고 해도 이 녀석의 자아가 경험을 전혀 쌓아오지 않은 갓난아기와 똑같다는 사실엔 변함이 없다. 세상에 있는 모든 것이 처음 보는 것이고 처음 접하는 것일 테니까.

"그러고 보니까, 결국 저 녀석 이름은 어떻게 됐어"

"무슨 말이야?"

"사나쿠라 씨 댁의 사키미, 라는 건 몸의 이름이고 이 아이는 따로 봐야 하잖아. 그러니까 여기 있는 이 애를 부를 때의 이름."

자신의 이야기를 하고 있다는 것을 눈치챘는지 **그 녀석**도 바깥 경치에서 시선을 떼고 이쪽으로 고개를 돌렸다.

"……없어, 그런 건."

"에마 씨이."

"필요 없잖아. 딱히 곤란하지도 않아."

"아니, 보통은 곤란하지! 이대로 계속 '야'나 '너'라는 말로 밀고 나갈 생각이야? 요즘 같은 시대에 무슨 노년 부부도 아니고 말야."

"……."

그건 좀 싫다는 생각이 들었다.

잠시 고민했다.

"그 연구 자료에 의하면 이 녀석과 같은 육편을 심었던 실험용 생쥐에겐 알제논이라는 이름이 붙었던 모양이야."

그것은 20세기 중기 소설에 나오는 세계에서 가장 유명한 실험용 생쥐의 이름이다. 그 작품 속에서 뇌수술을 통해 높은 지능을——일시적이나마——얻었다. 마찬가지로 외과적인 이유(와 같은 선상에 놔도 될 진 모르겠지만)로 지능 테스트 성적이 좋아진 생쥐에게 붙이는 이름으로서는 적당할 것이다. 성의 없다고 하면 부인할 수는 없지만.

소지는 생각했다. 같은 이야기에 똑같이 수술을 받은 청년이 등장한다. 지능이 올라가고, 몰랐던 것을 알고, 이해하지 못했던 것을 이해하고, 몰랐던 감정을 기억하고, 알고 있던 감정을 잊고, 마치 다른 사람이 된 것 같은 시간을 보냈다.

이 청년의 이름을 빌리는 게 어떨까 했는데.

"오, 그거 딱 좋네."

제안하기도 전에 코타로가 한발 앞서 그런 말을 꺼냈다.

"알제논, 줄여서 알짱? 논쨩? 안쨩? 뭔가 외국인 같은 느낌도 들고, 글자수가 많은 것도 중2병 같아서 좋네."

"아니, 이봐."

외국인 같은 걸 떠나서 실제 미국 작가의 작품에서 따온 이름이고, 글자수가 많은 것은 음소를 공유하지 않는 언어를 변환했을 때 생기는 당연한 일이다. 그리고 애초에.

"흰 생쥐 이름이야, 그거."

"뭐 어때, 생쥐 이름. 물론 검거나 파랗거나 노랬다면 좀 별로였을지도 모르겠지만, 흰색이라면 오케이. 어때? 너도 그렇게 생각하지?"

가벼운 어조로 뒷좌석에 묻는다.

"……."

멍한 얼굴을 한 뒷좌석의 그 녀석이 돌아보았다.

"알…… 제논……."

그 말을 혀끝으로 굴려보더니 소지를 향해 물어왔다.

"나는, 알제논, 인가?"

대답을 망설였다.

알제논은 본래 남자 이름이고 어원은 분명 '수염 난 아저씨' 같은 뜻이었을 것이다. 이미 이 시점에서 19살 여성 모습을 하고 있는 지금의 이 녀석에게는 치명적으로 어울리지 않았다.

하지만 그렇기 때문에 좋지 않나 하는 생각도 들었다.

이 녀석과 사나쿠라 사키미는 다른 존재이니 그것을 잊지 않기 위해서라도 이름과 몸이 서로 맞지 않는 것이 딱 좋을지도 모른다.

"괜찮지 않을까?"

무거운 한숨과 함께 그렇게 답했다.

"……알제논."

고개를 끄덕인다.

"나는, 알제논."

몇 번이나 같은 말을 되풀이하고 있다.

여전히 표정다운 표정은 보이지 않지만 어딘지 모르게 기

뼈 보이기도 했다.

카 오디오에서 흘러나오는 곡이 잦아들었다.

닫힌 창밖으로 매미 소리가 기세 좋게 날아들었다.

낮은 목소리의 남성 사회자가 위트 있게 말을 풀어나갔다. 자, 다음은 앞으로의 뜨거운 계절에 어울리는 타오르는 마음을 노래한 히트곡. 새하얗게 불태우며 『화이트 쉽 큐』의 『마그네슘』 들려드립니다.

통통 튀는 인트로가 흘러나오고 여성 싱어그룹이 시끄럽게 노래하기 시작한다. 성량은 매미 소리와 거의 엇비슷하다. 어느 쪽이 이기지도 않지만 어느 쪽이 사라지지도 않는다. 다시 말해 양쪽 다 시끄럽다.

뭐가 즐거운 건지 운전석의 코타로는 웃고 있었다.

뒷좌석의 알제논은 중얼중얼 자신의 이름을 반복해서 중얼거리고 있다.

'……'

어떤 표정을 지어야 할지 결정하지 못한 채 망설이던 소지는 얼굴을 찌푸렸다.

여름의 거리를, 각자 다른 생각을 품은 일행을 태운 차가 달렸다.

(4)

타인의 세이프하우스는 느낌상 여행지의 호텔 같다.

돌아와 봤자 제대로 돌아왔다는 실감은 들지 않는다.

그래서 그런지 '다녀왔습니다'라는 말은 나오지 않았다. 말없이 문을 지나쳤다.

방에 돌아와서 가장 먼저 해야 할 일은 정해져 있다. 이상이 없는지 체크하기 전에 손 씻기 등을 마치고 사온 식재료를 냉장고에 넣는다.

원래대로라면 먼저 해야 할 일이긴 하지만, 당연히 점검도 한다. 문, 창문, 각종 계기 및 그 주변. 콘센트 주위. 결론, 현시점에서는 침입자 등의 흔적은 없음.

"후우."

그제서야 마음을 놓고 소파에 등을 던졌다.

현관 앞에 세워두었던 알제논을 향해 고개를 돌려 불러들였다.

"……들어와도 돼. 신발 벗어."

그녀가 천천히 로퍼를 벗었다.

그리고 현관 매트 위에 서서 아무것도 하지 않고 그대로 다시 서 있다.

자발적인 행동을 하지 못한다는 느낌을 받았다. 가진 것이라고는 급조된 자아뿐이고, 게다가 그것을 다루는 데도 익숙하지 않은 탓에 자신의 의지대로 무언가를 결정하지 못하는 것.

그대로 내버려 둘 수도 없는 노릇이었다.

"하아, 정말이지."

소지가 벅벅 자신의 머리를 긁적였다.

"이리 와서 손 씻고 양치질하고 수건에 손 닦고 와."

"……."

과연 알제논은 소지의 말을 이해했을까. 여전히 멍해 보이는 그 얼굴에서는 아무것도 읽을 수 없었다.

시키는 대로 걸어오더니 지시대로 세면실로 향한다. 물소리가 들렸다.

"끝나면 여기 와서 의자에 앉아."

말을 걸었다.

알제논은 그 말에도 순순히 따랐다. 방으로 들어와 소지가 가리키는 식탁 의자에 앉는다.

고개를 이쪽으로 돌리고는 이거면 되는 건가, 하고 말하듯이 고개를 갸우뚱한다.

"손 씻는 법도, 양치질하는 법도, 수건 사용법도 알았어?"

"응."

억양 없는 대답과 함께 목이 살짝 움직였다.

알제논은 숙주인 사키미의 지식을 읽을 수 있다. 바꿔 말하면 기억을 읽는 수고를 들이지 않으면 아무것도 모른다는 뜻이었다.

저것을 해라, 이것을 해라. 그런 지시를 받으면 그 방법을 읽고 움직일 수 있다. 그러나 지시를 받지 못하면 자신은 무엇을 해야 하는가, 그 단계에서 나아가지 못한다.

"……앞으로는 말하지 않아도 그 몸의 생존이랄지, 아무튼 컨디션 유지에 필요한 행동은 적당히 해둬. 아니, 아예 일상에 포함된 활동은 적당히 다 해."

"일상."

사키미의 입술이 불쑥 중얼거렸다.

그 시선이 자연스럽게 창밖으로 향했다.

그러고 보니 사나쿠라 사키미는 (아마 성실한)대학생이라는 사실이 떠올랐다. 그녀의 기억을 바탕으로 일상을 더듬어 간다면 당연히 강의를 들으러 가는 식의 행동도 포함될 것이다.

"아…… 다만 외출은 엄금이야. 특별한 지시가 없는 한 이 건물 밖으로 나가지 마. 일상은 그 범위 내에서 보내줘."

"……"

목이 살짝 움직였다.

고개를 끄덕인 거겠지, 아마.

"정말로 알아들은 거 맞아? 하여간."

소지는 애완동물을 키워본 경험이 없다. 그래서 상상일 뿐이지만 새로운 개나 고양이를 맞이한다는 것은 이런 기분일까 싶었다. 인간의 상식을 전혀 모르는 상태에서 처음부터 훈육을 시킨다. 실로 번거로운 이야기가 아닐 수 없다.

그런 생각을 하고 있는데 문득 궁금한 것이 떠올랐다.

"화장실 사용법은 알아?"

알제논은 아까처럼 잠시 생각하듯 틈을 두더니 고개를 끄덕였다.

"응."

'……지금 그건 어느 쪽이야.'

들을 필요도 없이 처음부터 이해하고 있었던 것인가. 아니면 모르는 단어를 듣고 지금 사키미의 기억을 읽은 것인가. 그 두 가지를 당사자가 아닌 소지로서는 구별할 수 없었다.

알제논이 천천히 일어나더니 조용한 걸음으로 화장실로 향했다.

"바로 가는 거냐."

그 등을 배웅하며 소지는 작고 무거운 한숨을 내쉬었다.

아아, 정말이지. 이래서는 정말 개나 고양이를 훈련시키는 것 같았다.

◇

태양이 기울어 갔다.

소지는 노트북 모니터를 노려보고 있었다.

연구동에서 가져온 불가사의 육편의 연구 데이터다. 뭔가 단서가 있지 않을까 싶어 해독을 재개해 봤지만, 전문적인 지식 없이 도전하기엔 아무래도 효율이 떨어졌다. 꽤 오랜 시간을 모니터 앞에서 씨름했지만, 성과는 거의 없었다. 아침에 읽은 것 이상으로 유익한 정보는 얻지 못했다.

난해한 암호가 설치되어 있다는 식의 패턴이 차라리 나았을 텐데. 그렇다면 어지간한 것이 아닌 이상 시간과 수고만 들이면 해독할 수 있다. 그러나 내용 자체가 난해한 것은 어쩔 도리가 없다.

'……여기까지인가…….'

조용하다는 생각이 들어 시선을 옆으로 옮겼다.

알제논이 소파 위에 누워 무릎을 감싸 안은 자세로 잠들어 있다.

그 모습을 보고 있자니 수마가 느껴졌다. 작게 하품이 새어 나온다.

멀리서 피리와 북소리가 들려왔다.

축제 음악 소리.

그래. 벌써 그런 시기였나, 하고 생각했다.

하가미네시의 여름 축제는 나름대로 규모가 크다. 이래봬도 어쨌든 관광지였다. 최근 몇 년 정도는 유행병으로 인해 가마는 나오지 않았지만 메인 거리에는 포장마차가 즐비하고 약식이지만 불꽃놀이도 진행된다.

몸을 일으켜 베란다로 이어지는 통창을 조금 열었다.

무더운 여름의 바깥 공기와 함께 축제 소리가 방안으로 날아들었다.

떠오른다.

싸구려 야끼소바의 맛, 맞지 않는 사격, 줄줄이 늘어선 타피오카 포장마차, 자기주장 강한 케밥 냄새.

소년 시절에는 그 소란의 안쪽에 있었다.

지금은 이렇게 손이 닿지 않을 정도로 멀리 있다. 하지만 동시에 확실히 들리는 거리에 있다.

타인의 소란. 그것을 듣고 있으니 마음이 약간 진정되었다. 에마 소지는 혼자라고. 하지만 그럼에도 인간과 가까이에 있다는 것을 확인할 수 있으니까.

"음……."

희미한 목소리와 함께 움직이는 기척이 등 뒤에서 느껴졌다.

자신은 지금 혼자가 아니라는 것을 떠올렸다. 알제논을 깨우는 것도 귀찮을 것 같아 창문을 닫았다. 열기가 밀려난다. 소리가 사라진다.

인터폰이 울리며 손님의 방문을 알렸다.

(5)

손님은 아침에 카도사키 외과에서 본 그 간호사였다. 이름은 모르지만 그 나이 든 여의사의 손녀로 보인다는 것과 그 병원 환자들 사이에서 팬들이 많다는 이야기는 들은 적이 있다.

외형적인 인상으로만 보면 20대 중반, 소지 자신과 같은 세대쯤일까. 시선을 사로잡을 만한 미인은 아니지만 편안하고 다정한 분위기를 풍긴다. 거기에 존재하는 것만으로도 어딘가 안심을 주는 타입이었다.

"오래 기다리셨죠, 갈아입을 옷이랑 이것저것 가져왔어요."

현관 앞, 그 여자는 종이봉투를 가볍게 들어 올리며 말했다.

그러고 보니 조금 전 병원에서 그런 말을 했었다.

"신세를 졌네요. ……갈아입을 옷이랑 이것저것, 이요?"

"이것저것이요. 여러모로 필요할 테니까요. 속옷이나 피부 관리 용품, 그리고 여자아이에게 필요한 이런 거나 저런 거."

"아아…… 미안합니다, 실례되는 질문이었군요."

듣고 보니 당연한 얘기다. 그렇게까지 생각해 준 것에 감사하는 마음이 듦과 동시에 그것을 떠올리지 못한 자신이 부끄러웠다.

"신경 쓰지 마세요. 그리고 추가로 이쪽도 드리려고요."

불쑥 튀어나온 것은 윗부분이 묶인 비닐봉지.

안에는 맑은 물이 들어 있고, 그 물속을 뭔가 붉은 것이 헤엄치고 있다.

그건 아무리 봐도,

"……이건?"

"금붕어예요."

그래, 금붕어였다. 몸길이는 기껏해야 3~4센티미터 정도의 작은 화금 두 마리.

"이걸 왜."

"아까 반 친구한테 강제로 넘겨받았거든요. 코타로 군에게 상담했더니 선물로 가져가면 된다길래요. 좋은 아쿠아 테라피가 될 거라나?"

"응? 으음? ……으으음?"

잠깐, 잠깐만. 그렇게 기묘한 정보를 차례차례 나열해 봐야 머리는 전혀 따라가지 못한다. 어디서부터 지적을 해야 할지 잠시 고민했다.

"잠깐만요, 음, 그 코타로라면 그 코타로?"

"네, 맞아요. 『수다쟁이』 코타로 군이요. 절친이잖아요?"

그런 관계가 된 기억은 없지만, 어쨌든 동명이인이 아니라는 것은 확인할 수 있었으니 적당히 흘려 듣자.

"……반 친구에게 강제로 넘겨받았다는 건?"

"금붕어를 건져줬거든요, 자긴 가져가도 못 기른다고. 저희도 사정은 다르지 않지만요."

잠시 생각했다.

눈을 깜박이고 재확인. 눈앞의 여성은 자신과 같은 세대로 보였다.

"누구의 반 친구?"

"저요. 와타가세 부속중 3학년 C반 카도사키 이오."

잠시 고민했다.

"부속중."

"네."

고개를 갸우뚱한다.

"나이가 어떻게 되죠?"

"14살이요. 가을이면 15살."

열, 네 살.

가벼운 현기증이 느껴져 머리를 흔들었다.

"······왜 간호사를?"

"아, 자주들 착각하시는데 아니에요. 저는 그냥 할머니를 도와주는 간단한 알바를 하고 있는 것뿐이고, 면허 같은 것도 전혀 없어요."

그건 뭐, 그럴 거라고는 생각했다. 14살에 고시 자격증은 무리가 있겠지.

"늙어 보인다는 말도 많이 들어요."

그것도 뭐, 그렇겠다는 생각이 들었다. 중학생의 시선으로 말하면, 20대 여성으로 보인다는 건 그런 의미겠지.

경위를 이제서야 이해했다. '젊은 아가씨가 그냥 서 있는 것만으로도 환자들의 반응이 좋다'면서 어른스러워 보이는 손녀에게 제복을 입혀 간판 같은 존재로 내세운 것이다. 그 노의사가 생각할 만한 일이고, 벌일 만한 일이었다.

그건 그거대로 어딘가의 형법에 걸리지 않을까 하는 생각도 들었지만, 준법정신에 관해서는 남에게 무슨 말을 할 처지가 못 되는 몸이다. 깊이 추궁하지 말자.

"그나저나 **그녀**는 어디 있어요?"

"아아······."

고개를 돌려 소파 쪽을 시선으로 가리켰다.

"알제논이라면 저기 있어."

여전하다고 할까, 무릎을 감싸 안고 둥글게 몸을 만 자세로 잘도 자고 있다.

"어머나."

들여다보고는 눈을 깜박거린다.

"알제논, 이라는 건 **그녀**를 말하는 거죠? 이름 지어준 거예요?"

"없으니까 불편해서."

"아아, 알아요. 친구 중에 주워온 새끼 고양이 이름을 아무리 지나도 안 지어주는 애가 있었거든요. 덕분에 얘기를 물어보는 게 어찌나 힘들던지. 후후."

입가에 손가락을 대고는 묘하게 어른스럽게 웃는다.

"이름을 부르면 정말 가족이 됐다는 걸 인정해 버리는 것 같은 기분이 든다고 하더라고요, 본인은. 애초에 주운 시점에서 너무 늦은 거 아니에요? 안 그런가요?"

동의를 구해봐야 어떻게 반응할지 알 수 없었다.

"이오 씨는 이 녀석의 사정에 대해 들었어?"

"할머니에게 대강은요. 크게 다친 몸에 미발견 생물이 들어가서 움직이고 있는 거죠? 괜찮아요, 알아요. 그 비슷한 애니메이션을 지난달에 본 직후거든요."

"아, 그래……."

애니메이션을 봤다는 한마디로 받아들일 수 있는 사태인 것인가, 이것이. 아니면 그녀 세대에서는 그런 사고방식이 당연한 것인가. 요즘 젊은이들 무섭네.

"물론 좀 무섭긴 하지만 말도 순순히 잘 듣는 착한 애잖아요."

"그런가……?"

그것도 소지가 보기엔 그저 자아가 희박한 것으로밖에 보이지 않는데.

"논짱. 응, 귀여운 이름이네요, 인형 같고."

그런 말을 하면서 슬리퍼를 탁탁거리며 소녀——이오라고 했던가?——가 소파에 다가가더니.

"알제논짱, 잠깐 일어나줄 수 있어?"

자기보다 연상인 그녀의 몸을 흔들기 시작했다.

"이, 이봐."

무방비로 만지는 건 위험하지 않을까. 순간적으로 말려야 하나 하는 생각이 스쳤다. 그러나 실행에는 이르지 못했고, 알제논은 멍하니 눈을 떴다.

"미안해, 기분 좋게 자고 있는 걸 깨워서."

아까와 같은 멍한 눈빛이 이오를 바라보았다.

"알제논, 을 불렀어?"

띄엄띄엄, 중얼거리듯이.

"응, 불렀어."

"알제논은, 나."

"그렇지."

"내가, 불렀어?"

"응."

스르륵, 알제논이 몸을 일으켰다.

"무서운 짓을 하는구나."

신음하듯 소지는 말했다. 이오는 턱을 치켜들듯이 돌아보았다.

"그런가요?"

"그렇다고. 상대는 정체를 알 수 없는 미확인 생물이야. 무슨 짓을 해도 이상하지 않은데 잘도 망설임 없이 만져대네."

"무슨 짓을 해올지 모르는 건 인간이 상대라도 마찬가지예요."

그건, 뭐 그렇긴 한데.

"사사키 씨네 할아버지는 특히 더 그래요. 남을 놀래키는 걸 아주 좋아하시는 분이거든요."

그렇군, 모르는 사람이지만 건강히 살아가시기를, 사사키 씨네 할아버지.

"아무튼 논짱, 졸릴 텐데 미안해. 가지고 온 옷 말이야, 갈아입는 법이라든가, 여러 가지 알려주고 싶은 게 있어서."

"그래."

멍한 얼굴로 고개를 끄덕인다.

"그럼 옆방 빌릴게요. 들여다보면 안 돼요."

"마음대로 써. 그리고 일단 무슨 일 있으면 바로 부르고."

"네, 신경 써주셔서 감사해요."

윙크를 날린 소녀는 알제논의 손을 끌고 침실로 떠났다.

그 등을 배웅하고 나서 시선을 떨어뜨렸다.

대화의 완급 조절이 익숙하달까, 사람을 끌어당기는 것에 능숙한 아이다. 14살. 당시의 사키미와 비슷한 나이다. 그러고 보니 그녀에게도 어느 정도 그런 부분이 있었다. 저 또래 여자애들은 다 그런 건가, 아니면 우연인가.

"넌 어떻게 생각해?"

라고 물어봤자 물론 비닐봉지 속의 금붕어는 대답해 주지 않았다.

그러고 보니 이 녀석의 거처도 어떻게든 해야 했다.

집을 뒤져보니 원형 어항이 발견되었다.

이유는 모르겠지만 단지 여과기도 달려 있었다.

이 집은 비상시용 세이프하우스로 도주자들이 몸을 숨기기 위한 장소다. 왜 그런 장소에 이런 것들이 딸려 있는지는 약간 수수께끼다. 그 대답은 나중에 코타로에게 확인해 두기로 하고.

소지는 애완동물은 고사하고 생물 전반을 다루는 것에 서툴었다. 그리고 여름 축제에서 쓰이는 금붕어는 애초에 그렇게 건강하지 않다고 들었다. 가정에서 수조에 풀어두자마자 움직이지 않았다는 에피소드도 들은 적이 있다.

일단 물을 준비한다. 중화제로 석회질을 제거하고 미량의 소금을 넣은 뒤 수온을 맞춘다. 스마트폰을 한 손에 들고 순서를 여러 번 확인하고 정말 이게 맞는 것일까, 괜찮을까, 하며 고민했다.

봉지에 담긴 금붕어를 어항에 풀어주었다.

두 마리 모두 순간 몸을 부르르 떨었다.

어딘가에서 순서가 잘못됐나, 죽게 만든 건가, 하고 겁먹었다. 하지만 곧 기운차게 헤엄치기 시작한 두 마리의 모습을 보고 가슴을 쓸어내렸다.

'……후우.'

이마에 엷게 배어 있던 땀을 손등으로 닦았다.

역시 생물은 질색이다. 그것을 재확인했다.

◇

"이따 친구들이랑 불꽃놀이 보러 갈 거예요."

그 말만을 남기고 여자, 아니 소녀는 돌아갔다.

여러모로 배운 것이 많은 것인지, 알제논은 표정만큼은 변하지 않았지만 어딘지 모르게 지쳐 보였다.

"받아."

차가운 보리차가 담긴 잔을 내밀었다.

받아들긴 했지만 그것이 무엇인지 모르겠다는 얼굴로 움직이지 않는다.

소지가 자신의 몫을 마시기 시작하는 것을 보고 비로소 그것이 음료라는 것을 알아차린 모양이다. 그를 따라하듯 내용물을 목구멍으로 흘려 넣기 시작했다.

"남은 건 거기 있어. 원하면 네가 따라 마셔."

그렇게 말하고 테이블 위의 물병을 가리켰다. 알제논은 빈 잔을 손에 들고 잠시 생각에 잠기는가 싶더니 곧 물병으로 손을 뻗었다. 어딘가 어색한 움직임으로, 그래도 보리차를 잔에 무사히 따라냈다.

'……순조롭게 인간다운 행동을 할 수 있게 됐군.'

사키미의 기억이 있다.

알제논은 그것을 읽을 수 있다.

계속해서 읽어 나갈수록 사키미라는 인간이 할 수 있었던 일을 알제논 역시 해낼 수 있게 될 것이다.

그리하여 인간 모방의 완성도를 높여간다.

그것이 좋은 일인지는 모르겠다. 수습할 수 없는 파멸의 방아쇠가 될 수도 있고, 반대로 상황을 타개하는 해결의 씨앗이 될 수도 있다. 생각해도 결론이 나지 않는 일이라면 더는 그것을 기준으로 시비를 따지는 일은 의미가 없다.

'이럴 때는 최악의 경우를 상정하고 움직여야 한다는 것이 정론이지만.'

어차피 상대는 미지의 생명체. 어떤 황당한 망상도 완전히 부정할 수 없으니 최악의 경우를 상정하는 것 자체가 어려웠다.

그렇다면 당장의 생활이 조금이라도 원활해지는 쪽을 택하기로 했다. 아침에 여의사는 키프로스 섬의 왕에 관한 이야기를 꺼냈었다. 그렇다면 자신은 올바른 인형의 형태이길 바라자. 화장실 정도는 말하지 않아도 자신의 판단에 따라가줬으면 하니까.

그런 생각을 하는 동안에 알제논은 두 번째 잔을 비웠고, 그 눈은 다른 곳으로 향하고 있었다.

시선을 쫓자 키 작은 선반 위에 방금 주민을 맞이한 어항이 보였다.

"저건, 뭐야."

자발적으로 물어본다. 신기하다는 생각이 들었다.

"보다시피 금붕어야. 먹으면 안 된다?"

"금붕어……."

평소대로 알제논은 몇 초에 걸쳐 사키미의 기억을 더듬었다.

"작아."

"금붕어니까."

"유리 어항 속을 헤엄치고 있어."

"금붕어니까."

빠히. 시선은 움직이지 않는다.

"아니, 진짜로 먹으면 안 된다?"

"안 먹어."

대답하고 나서 시선을 한번 이쪽으로 돌리고,

"나는, 고양이가, 아니니까."

그런 말도 덧붙인다.

이 녀석 나름대로 재치 있게 대답한 것일까. 아니, 단순히 끌려나온 기억이 금붕어를 먹는 것=고양이라는 조금 편향된 생각이었을지도 모른다.

잘 모르겠다.

커뮤니케이션이 되고 있다는 실감이 부족했다.

"너무 건드리진 마. 스트레스 받는다고 하니까."

"응."

그렇게 대답하면서도 알제논의 눈은 어항에 계속 쏠려 있었다.

(6)

밤.

이 세이프하우스에는 침대가 침실에 하나밖에 없다. 알제논을 굳이 배려해 줄 마음은 없었지만 그렇다고 사키미의 몸을 홀대할 수도 없었다. 그러니 어제와 마찬가지로 알제논에게 침실을 쓰게 해 주었다.

그리고 소지는 소파에 몸을 눕히고 눈을 감았다.

'……'

잠이 안 온다.

몸은 확실하게 지쳤다. 어제 그 소동 이후 한숨도 자지 않고 돌아다녔으니까. 그런데도 의식이 사라지질 않는다.

한숨과 함께 몸을 일으켰다.

비축해 둔 와인을 떠올렸지만, 곧 머리에서 떨쳐냈다. 애초에 자기 전에 술을 마시는 습관도 없을 뿐더러 이럴 때의 알코올은 역효과라는 말도 들었다.

가까운 곳에 놓여 있던 리모컨을 집어들었다.

스마트 TV의 전원을 켰다.

동영상 송출 서비스를 띄워 자신의 계정으로 로그인. 추천 작품의 산을 뒤져 목적이던 해외 드라마를 틀었다. 현재 시즌 6까지 진행되고 있는 인기 시리즈. 조금씩 시청하다 보니 아직 시즌3 중반까지밖에 보지 못했다.

방의 조명은 켜지 않았다.

옆방에 들리지 않게 음량은 줄였다.

그리고 멍하니 화면을 바라보았다.

『농담 아니야, 더는 이런 장난에 못 어울리겠어!』

『오, 토니, 기다려. 그건 오해야.』

알 수 없는 아수라장이 한창 벌어지고 있었다. 화면 속에서 젊은 남자가 방을 뛰쳐나가고 중년 여자가 그 뒤에 매달린다. 지금까지의 전개가 떠오르지 않아 상황을 파악할 수 없었다.

하지만 극 중 두 사람의 감정과 그들이 자신들의 삶을 필사적으로 살아내고 있다는 것만큼은 이해할 수 있었다. 그리고 세세한 줄거리 부분은 따라가지 못하더라도 소지에게는 그것으로 충분했다.

지어낸 이야기는 비교적 좋아한다.

소지의 인생은 이미 오래전에 망가졌다. 에마 소지의 삶을 살고 있다는 실감은 희미해진 지 오래다.

그래서일까.

이렇게 다른 사람의 삶을 그저 멀리서 바라보는 시간이 기분 좋게 느껴졌다.

『설마 존스, 그 녀석이!』

『오, 토니, 기다려. 그것도 오해야.』

화면 속에서 젊은 남자가 창문으로 뛰쳐나가려 하고 중년 여자가 그 등에 매달렸다.

멍하니 그 화면을 바라보았다. 왜 그런 상황에 처해 있는지는 여전히 잘 모르겠다.

──등 뒤, 문이 열리는 소리.

미끄러지듯 나오듯 희미한 기척.

소리 없이 다가와 소지 바로 옆, 2인용 소파에 앉는다.

힐끗 곁눈질로 확인하니, 당연하게도 표정 없는 멍한 옆얼굴이 화면 속 드라마를 바라보고 있었다.

"자라고 했잖아."

툭, 혼잣말 같은 말을 중얼거렸다.

"응."

툭, 혼잣말 같은 말이 돌아왔다.

"하지만 궁금해서."

"뭐가."

"당신이, 뭘 하고 있는지."

뭐야, 그게──.

그 이상 물음을 이어갈 마음이 생기지 않자 소지는 더 이상 아무 말도 하지 않았다. 옆의 그 녀석도 입을 다물었다. 대화의 캐치볼이 멈췄다.

『그, 그만해, 제발 그만해…….』

『오, 토니, 이제야 알아줬구나. 다행이야.』

화면 속에서 중년 여자가 도끼를 휘두르고 겁에 질린 젊은 남자가 구석에서 떨고 있다.

소지는 멍하니 그것을 바라보았다.

인형처럼 움직임 없는 옆모습도 물끄러미 그것을 바라보고 있다.

'……이 녀석의, 이 눈.'

깨달았다.

액정 속의 드라마를 보는 알제논의 눈은, 조금 전 유리 어항 너머로 금붕어를 보던 눈과 아주 닮아 있었다.

확실히 거기에 공통점은 있을 것이다. 둘 다 알제논이 보기엔 투명한 벽에 가로막힌 다른 세계의 생물이다. 손을 뻗어도 닿지 않고, 단지 그 손끝은 차가운 유리의 감촉에 가로막힐 뿐.

그렇다고 알제논이 거기에 어떤 감정을 향하고 있는지는 ——애초에 감정이라고 부를 만한 마음의 작용을 **그것**이 가지고 있는지까지를 포함해—— 알 수 없었지만.

『아아, 신이시여, 이제야 당신의 뜻을 알겠습니다.』

『오, 토니, 기다려. 그건 오해야.』

심야, 한 소파에 두 명이 앉아서 만들어진 타인의 삶을 바라보았다.

그러다가 천천히.
소지의 눈꺼풀에 졸음이 내려왔다.

셋 째 날 :

꿈을 꾸려면 눈을 감고 현실을 보지 않아야 한다.

현실을 보려면 눈을 뜨고 꿈을 가슴속 깊이 껴안아야 한다.

그러니까.

꿈을 붙잡으려면 눈을 뜨고,

쫓는 꿈과 조금이라도 닮아 있는 현실을 향해,

최선을 다해 손을 뻗어야 한다.

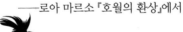

──로아 마르소 『호월의 환상』에서

투명한 벽을 사이에 둔 세계

어렸을 때는 슈퍼히어로가 되고 싶다고 생각했다.

외계인이나 지하 괴수, 평범한 수단으로는 싸울 수 없는 위협에 맞서는 올곧은 영웅을 동경했다.

이 세상의 많은 사람들이 비슷한 꿈을 품고, 그리고 성장함에 따라 포기했다. 그런 와중에 소지는 비교적 포기가 늦은 편이었다. 동네의 초등학교, 중학교를 졸업하고 고등학교는 열심히 노력해 괜찮은 진학 학교를 택해 형과 같은 사립대를 다녔다.

물론 그 정도로 자라면 사물의 이치는 어느 정도 알 수 있게 된다. 사람은 하늘을 날지도 못하고 맨손으로 콘크리트를 부술 수도 없고, 염원으로 불을 낼 수도 없고, 에너지를 손바닥에서 방출할 수도 없다. 애초에 외계인이나 지하 괴수가 덮치지도 않으니 싸울 상대도 없다.

그런 것들을 모두 이해했음에도, 어린 날의 소원은 소년이었던 남자의 가슴속에 조용히 타오르고 있었다.

누군가를 도와 불합리함을 없앤다. 그런 허황된 꿈을 완전히 포기할 수 없었다.

——얼마나 철이 없는 거야, 넌.

형은 그렇게 말하며 어이없어했다.

그 말을 듣고 내가 어떻게 대답했는지는 기억나지 않는다.

──나쁜 길로 샐 것 같진 않으니 다행 아니냐.

아버지는 그렇게 말하며 웃었다.

그 말을 듣고 내가 어떻게 대답했는지는 기억나지 않는다.

──싸움만은 하지 말렴. 우리 집안은 그런 건 절대 용납 못 하니까.

어머니는 그렇게 말하며 걱정했다.

그 말을 듣고 내가 어떻게 대답했는지는 기억나지 않는다.

──선배의 그런 점은 좋아하지만 응원할 마음은 안 들어.

연인은 그렇게 말하며 복잡한 얼굴을 했다.

그 말을 듣고 내가 어떻게 대답했는지는 기억나지 않는다.

──그런 녀석들은 경찰 같은 거 되면 되잖아?

──일로 삼긴 싫은 거겠지, 그런 건 취미였을 때 즐거운 법이니까.

──남의 취미에 대해 왈가왈부할 생각은 없지만, 데이지 않을 만큼만 해.

친구들이 저마다의 표정으로 그런 말을 하고 있었다.

그런 말들을 듣고 내가 어떻게 대답했는지는 기억나지 않는다.

◇

　나쁜 꿈을 꾸고 일어나는 것은 당연히 답답하고 찜찜할
수밖에 없다.

　"……윽……."

　힘겹게 나온 신음 소리와 함께 소지는 천천히 눈을 떴다.

　눈앞에 여자의 얼굴이 있었다.

　푸른빛을 띤 검은 눈동자, 아침 햇살에 반짝이는 옅은 갈
색 머리.

　누굴까, 생각했다.

　악몽의 여운 때문에 머리가 움직이지 않았다. 상황 파악
을 하기까지 시간이 걸렸다.

　서로 간의 거리는 기껏해야 50센티미터. 한숨이 닿을 정
도로 가깝지는 않지만 속삭임이 닿지 않을 정도로 떨어지지
도 않았다.

　"……."

　상황을 파악한 뒤에도 여전히 어떻게 반응해야 할지 판단
할 수 없어 몇 초 정도 몸이 굳었다.

　"좋은 아침."

　작은 소리로 인사를 받았다.

　'뭐?!'

　알제논이 자발적으로 말을 꺼낸 것에 놀랐다.

　"좋은…… 아침."

당혹감이 목소리를 통해 나왔다. 띄엄띄엄 간신히 인사를 되돌려주었다.

"너, 이런 데서 뭐 하는 거야?"

"널, 보고 있었어."

"보고 있어 봐야 재밌지도 않잖아."

"그렇지 않아."

흐흥, 하고 작게 코를 울리고는 알제논이 몸을 뗐다.

어젯밤의 잠옷 차림이 아니다. 본 적 없는 평상복으로 갈아입고 있다.

"일찍 일어났네."

"이 몸이, 공복을 느꼈어."

배에 손을 얹고 그런 말을 한다.

"식사 준비를 하고 싶은데 괜찮을까?"

"음? ……뭐?"

소파에 앉은 채로 잠든 탓에 몸이 살짝 굳어 있었다. 가볍게 스트레칭을 하면서 눈살을 찌푸렸다.

"네가? 요리를 한다고? 인간의 식사를?"

"해 보고 싶어."

알제논이 고개를 끄덕였다.

"과정은 **사키미**의 지식에 있어. 간단한 거라면 문제없이 할 수 있어."

그렇게 단언하더니 잠시 틈을 두고는 '아마도'라는 말을 덧붙인다.

소지는 머리를 긁적이다가,

"해 봐."

결국 허락했다.

"응."

알제논은 약간의 결의가 묻어나는 표정으로 한 번 더 고개를 끄덕였다.

나온 음식은 비유도 겸손도 아닌, 정말 간단한 것이었다.

덜 익은 토스트, 찢은 양배추뿐인 샐러드, 약간 탄 계란프라이.

"꽤 부드럽게 말하게 됐네."

"그렇, 지."

양배추를 먹던 손을 멈추고 알제논이 고개를 끄덕인다.

"자는 사이에 **사키미**의 기억을, 여러 가지 떠올렸어."

떠올렸다는 표현이 조금 마음에 걸렸다.

아마도 본인이 느낀 것에 쓸 수 있는 가장 가까운 표현일 것이다. 하지만 본래 자신의 기억이 아닌 것에 쓰는 말로는 다소 부적절했다.

"**소지**의 마음의 부담이, 조금은 줄었나?"

"뭐?"

"나는, 일상을, 제대로 보냈나?"

……아아, 무슨 소릴 하나 했더니.

그것은 자신이 어제 이 녀석에게 한 말이었다. 건물에서 나가지 않는 범위에서 일상에 포함된 활동을 적당히 해두라고.

"뭐, 그렇지."

어쩐지 어색한 기분을 느끼며 소지가 입을 열었다.

"이 아침은 먹을만 해. 맛있지도 맛없지도 않지만 말야."

"그건, 기뻐해도 되는 건가?"

"어느 쪽이냐 하면 칭찬이야."

"그래……."

핫, 하고 알제논의 표정이 진지해졌다.

"양념을, 안 했어.

"그런 것 같네."

가볍게 고개를 끄덕인 소지는 계란프라이를 베어 먹었다.

소금 한 톨 뿌려지지 않은, 있는 그대로의 노른자와 흰자
의 맛.

"뭐, 신경 쓸 일도 아니잖아. 맛이 없어도 먹으려면 먹을
수 있고, 배도 채워지고."

"아니, 그것만으로는, 저기…… 인간답지 않잖아."

"그럴지도."

의식하지 않고 소지의 입에서 무심한 대답이 흘러나왔다.

"거기까지 포함해서 신경 쓸 필요 없잖아."

"하지만……."

납득이 가지 않는 것인지 알제논이 잠시 입을 다물었다.
사키미의 기억을 더듬고 있는 것 같았다.

결심한 듯 몸을 일으키고는 냉장고로 가서 문을 열고, 뭔

가를 꺼내고, 닫고 돌아왔다. 그리고 자신의 접시에 놓인 계란프라이 위에 케첩을 짰다.

식후 커피는 소지가 내렸다.

알제논은 사키미가 이렇게 먹었다고 말하며 많은 양의 설탕을 컵에 들이부었다.

"……그러고 보니, 계속 신경 쓰였는데."

자신의 컵에 우유를 따르며 소지가 물었다.

"넌 왜 나한테 집착해?"

"……?"

의아한 표정을 짓는다.

"어제부터 그랬지, 너. 누구의 말도 듣긴 하지만 누가 말하지 않아도 나를 따라왔어. 할머니나 코타로보다도 날 우선시했다. 맞지?"

"……응."

"어째서?"

새삼스레 물어보았다.

"반드시 살릴 거야, 라고 말했어."

즉답을 받았다.

"누구한테, 언제."

"**소지한테. 첫날밤.**"

가슴 위에서 오른손을 왼손으로 감싸쥐고는 뭔가 소중한 것을 이야기하듯 말한다.

'내가?'

무슨 말을 하는 건가, 하는 생각이 들었다.

"반드시 살릴 거야. 안심해도 돼, 하고."

그리 먼 과거의 이야기도 아니다. 생각을 더듬자 금세 그때의 정경이 떠올랐다.

——부탁…… 야…….

——이…… 살려, 줘…….

괴로운 듯 호소하는 사키미의 얼굴. 목소리.

그 손을 꼭 잡고, 나는 확실히 약속했다.

——그래, 당연하지.

——넌 반드시 살릴 거야. 안심해도 돼.

아아, 그래. 이해는 했다.

그때의 그 목소리가 사키미 안에 있던 알제논에게도 들렸던 건가.

"그건, 사키미에게 한 말이야. 너한테 한 말이 아니라."

"그런, 건가?"

그렇다는 의미로 고개를 끄덕였다.

"착각하지 마. 알제논. 너와 그녀는 **별개의 존재야**."

"……그래. 그렇지."

희미하게 쓴웃음 같은 것을 지은 알제논이 고개를 숙였다.

"그렇다면 **소지**. 지금, 내가, 다시 한번 '살려줘'라고 너에게 부탁하면 너는, 응해 줄 건가?"

"말하지 않아도."

컵 속의 커피를 단숨에 들이켰다.

"그 몸은 소중히 할 거야. 사키미니까."

아차, 하는 생각이 들었다.

지금 자신은 쓸데없이 도발에 가까운 말을 하고 말았다. 소중히 여기는 것은 사키미 뿐이고 알제논은 대상이 아니다. 그것은 곧 사키미를 되찾는 데 있어 알제논은 방해된다는 선언이나 다름없었다.

"그래……."

또 무슨 생각이 떠오른 것인지. 아니면 그냥 생각하는 것인지.

몇 초가 지나고, 알제논은 고개를 들었다.

"음…… 그렇지. 그거면 됐어. 그게 좋아."

무언가를 납득한 듯 고개를 끄덕인다.

묘하게 순순하네, 라고 생각했다.

들은 말을 다 알아듣지 못하는 것뿐인가. 아니면.

모든 것을 이해하고 수용하는 것인가.

'……아아, 젠장.'

천장을 올려다보았다.

솔직하고 착한 아이잖아, 라고, 이 녀석을 아는 다른 사람들은 말한다. 그야 그럴 수밖에. 이 녀석은 확실히 그렇게 보일 수밖에 없는 행동을 하고 있다. 인간이 아닌 것의 행동도 인간의 정서를 통해 보면 인간처럼 평가할 수 있다.

어째서일까. 나 혼자만이 그것을 제대로 인정하지 못하고 있었다.

알제논의 손가락이 과자 접시에 담긴 견과류를 하나 집었다.

입에 넣고는 오독오독 씹어 먹는다.

사람 같으면서 사람 같지 않고, 어느 쪽이라고도 단언할 수 없는 행동. 보고 있으면 괴로워지는 기분에 소지는 눈을 돌렸다.

(2)

"그래, 생각해 볼 문제군."

나이 든 여의사는 팔짱을 끼고 미간을 좁혔다.

카도사키 외과 병원에는 오늘도 역시 제대로 된 손님이 오지 않았다. 귀찮은 부탁을 하는 몸으로서는 감사할 따름이지만.

진찰실도 대기실도 아닌 원장실로 호출되었다. 이런 작은 동네 의사에게 이런 거창한 방이 필요한가 싶었지만, 어둠의 의사 같은 일도 하고 있는 이상 사람이 적게 드나드는 방은 필요할 것이다. 그 예상을 뒷받침하듯 방에는 창문도 없고 문도 두껍다……. 대화가 밖으로 새어 나가지 않도록 약간의 방음실처럼 되어 있었다.

"어제 오늘 계속 미안해, 닥터."

소지는 고개를 숙였다.

"그건 상관없어. 말하자면 '환자의 상태가 격변했다'라는 뜻이니까. 의사가 그 부분을 왈가왈부할 생각은 없지. 다만."

카르테를 손에 들고 관자놀이를 볼펜 뒷부분으로 찌르고 있다.

"하루 사이에 많이 달라졌구나, 저 녀석도. 석고상처럼 조용했는데 오늘은 평범한 문진까지 할 수 있었어."

"당사자가 말하길 숙주의 기억을 읽어 나갔다던데."

"아, 그건 들었어, 나도 당사자 입에서 말이지."

천장을 올려다보았다.

"덕분에 뭐, 진단 자체는 별다른 수고가 들지 않았지만 말야."

"무슨 귀찮은 일이라도 있어?"

"귀찮다고 할지, 뭐라고 할지…… 뭐, 보는 편이 빠르겠지?"

태블릿을 내밀어와 받아들었다.

11인치 화면에 X선 사진이 표시돼 있다. 촬영 시간은 지금으로부터 10분 정도 전. 어제 본 것과 거의 다르지 않아 보인다. 하지만 주의해서 유심히 보자 알기 쉬운 변화 한 가지가 눈에 띄었다.

"음영이 작아졌어?"

"맞아. 그 연구 보고서는 읽었나?"

질문을 받고 나도 모르게 입술이 다물렸다.

"읽으려고는 해 봤어."

"솔직하네. 생쥐 실험 후반부에 대해서는?"

"어디 적혀 있는지 짐작도 안 돼."

어깨를 으쓱했다.

여의사는 흐음, 하고 작게 한 번 신음했다.

"너한테 받은 게 있으니 나도 가볍게 훑어봤다. 매립 수술로부터 244시간, 이라더군."

"뭐가?"

"자연 회복 말야. 열흘하고도 네 시간, 그 시간 만에 생쥐의 몸은 이물질을 자신의 밖으로 밀어냈어."

눈을 부릅떴다.

"숙주의 세포에 의태해서 일체화한다. 확실히 터무니없는 생태이긴 한데, 생명력이라는 의미에서는 숙주측에 주도권이 있는 것 같아. 가설도 실려 있었어. 자연 치유와 신진대사의 반복으로 대체되었던 가짜 세포의 자리를 빼앗는 것이 아닌가, 하고."

"가능한 건가, 그런 게……."

"실제로 벌어졌지. 그리고 같은 일이 아무래도 그 아가씨 몸에서도 일어나는 것 같아."

태블릿을 가져갔다.

나이 든 여의사의 손가락이 액정 위를 오가며 다른 사진을 불러냈다. 다시 보여준다.

"퇴출된 가짜 세포는 혈액에 녹은 상태로 배출돼."

작은 흰 생쥐가 찍혀 있었다. 그 바로 옆에 새끼손가락 끝마디 정도 크기의, 점성을 띤 붉은 젤리 같은 덩어리가 놓여 있었다.

"아무래도 그 〈콜 와다에〉는 다른 생물의 세포에 의태하고 있는 상황에서는 세포 분열을 제대로 못하는 것 같아. 그런 부분의 차질이 이런 현상을 낳는 거지."

참고로 지능 테스트의 성적도 성질도 모두 원래대로 돌아왔다는 것 같다——라고 추가로 덧붙였다.

"하, 하하……."

볼에 힘이 들어갔다. 웃음이 떠올랐다.

"생쥐의 경우가 열흘이었으니 인간의 경우 얼마나 걸릴지는 알 수 없지만. 단순히 대사 속도에 의존한다면 몇 달이 걸려도 이상하지 않아."

"그렇다고 해도."

그래. 시간은 걸릴지도 모른다. 그렇다고 해도 거기에 가능성이 나타났다.

사키미를 도울 방법에 대해 어제까지는 짐작조차 하지 못했다. 광명을 얻어 시야가 확 트이는 기분이었다.

"반대로 전혀 다른 요인이 작용하고 있다면 훨씬 짧은 시간이라도 이상하진 않겠지만. 뭐, 언제 무슨 일이 일어나도 놀라지 않도록 마음의 준비만은 해둬."

그래, 하고 고개를 끄덕였다.

"이 이야기, 알제논 본인에게는 했어?"

"당연히 안 했지. 말할지 말지는 네가 결정해."

"응, 물론이지. 그렇게 하게 해줘."

힘 있게 몇 번이고 고개를 끄덕인다.

"고마워, 닥터."

"감사를 받기엔 아직 일러."

"그래도."

고개를 숙였다. 나이 든 여의사는 어딘가 언짢은 얼굴로 외면했다.

◇

"케첩이라. 좀 공격적인 쪽으로 갔네."

"이상한가?"

"그게 아니라 사람마다 각자 취향이 다르고 고집하는 게 있으니까. 마요네즈 외엔 인정 못한다는 사람도 있고, 간장만이 정의라고 생각하는 사람도 있어. 우리 할머니는 후추파고 아빠는 된장파에 엄마랑 나는 폰즈파. 친구 중에는 휘핑크림파도 있거든."

"휘핑크림."

"구운 다음에 올리는 사람도 있고 굽기 전에 발라두는 걸 좋아하는 사람도 있지. 물론 아무것도 바르지 않는 걸 좋아하는 사람도 많고. 주위에 폐가 되지 않는 선에서 본인 마음대로 하면 되는 거야."

"마음대로……."

"케첩 좋아해?"

"모르겠어. 맛을 알고는 있었지만, 오늘 아침 처음으로 직접 맛을 알았어."

"맛있었어?"

"그것도 잘 모르겠어."

"그럼 여러 가지 시도해 보는 게 좋지 않을까? 좋아하는 건 직접 나서서 찾지 않으면 쉽게 늘지 않거든. 그래도 열심히 찾다가 이거다 싶은 걸 찾게 되면 기분이 좋아. 인생이 넓어지는 느낌이랄까."

"……인생. 그건 인간다운 생활, 이라는 뜻인가?"

"아마도 말이지. 아하하, 잘난 척 인생 얘기를 해 버렸네."

"감사, 해. 굉장히 도움이 됐어."

"그렇다면 다행이지만…… 아, 에마 씨."

그제서야 간호사복을 입은 중학생이 고개를 들어 이쪽을 보았다.

"할머니랑 말씀 다 나누셨어요?"

"그래."

진찰실 문 앞에서 소지는 고개를 끄덕였다.

"한창 재밌어 보이던데. 무슨 얘길 하고 있었어?"

"그으게."

이오는 힐끗 곁눈질로 알제논의 얼굴을 바라보았다.

"그거예요, 여자들의 대화요, 남자한테는 비밀이죠."

"그런, 건가?"

또 다른 당사자인 알제논이 놀란 표정을 지어보였다.

"그런 거야!"

그녀가 힘차게 고개를 끄덕인다.

"그러니까 얘기하면 안 돼. 수수께끼는 여자를 미스터리로 물들이거든."

"그래."

거침없는 기세로 말을 이어가는 이오의 기세에 알제논은 당황하면서도 어딘가 즐거워 보이기도 했다.

"……이상한 걸 알려준 건 아니겠지?"

"그런 적 없거든요~. 여자아이의 소양이 대해 알려준 것뿐이거든요~."

입술을 쭉 내민다.

완전히 동세대 친구들과의 수다 그 자체다.

상대는 미확인 생물이다, 혹은 조심스럽게 대하지 않으면 위험하다 등. 그런 말이 뇌리를 잠시 스쳤지만 혀끝에 오르기도 전에 사라졌다. 그 대신,

"돌아가자. 코타로가 기다리고 있어."

그렇게 재촉하자 알제논은 천천히 몸을 일으켰다.

"어디서 아이스크림 안 먹을래? 오늘 진짜로 너무 덥다."

티셔츠 가슴팍을 팔랑거리며 운전석의 코타로가 신음하듯 말했다.

내리쬐는 태양, 반사되는 아스팔트. 심지어 해변가라는 장소가 완벽한 습도까지 더해 주었다. 확실히 오늘의 더위는 꽤 힘든 수준이다.

"나쁘지 않네."

코팅된 창 너머로 창밖을 내다보며 소지가 대답했다.

"그런데 어느 가게로 가려고? 해안가는 고토의 영역권이야. 역앞 푸드코트도 사람들 눈이 많고. 눈에 띄지 않는다는 조건에서는 여러모로 힘들지 않을까."

"……호오."

왠지 감탄한 듯한 목소리가 나왔다.

"그렇지. 5초메 강 옆에 빙과 잘하는 찻집이 있는데, 거긴 어때? 개인 가게라 그렇게 맛이 많지는 않지만."

"좋아, 거기로 하자."

옆을 보았다. 알제논은 말은 없었지만 확실하게 표정을 반짝이고 있었다.

"무슨 좋은 일이라도 있었어?"

교차로, 빨간불. 운전석에 있던 코타로가 뒤돌아보며 물었다.

"둘 다 뭔가 얼굴이 밝은데."

어떻게 대답할까, 하고 생각했다.

좋은 일이 있었다, 라는 것은 사실이다. 그러나 그 내용은 아직 알제논에게는 들려주고 싶지 않았다.

"비밀이야."

그래서 그렇게 대답했다.

코타로의 시선이 알제논을 향했다.

"나도, 비밀이야. 수수께끼는, 여자를, 미스터리로, 물들인다고 했으니까."

"그게 뭐야~."

코타로가 입술을 삐죽 내밀었다.

"됐으니까 이쪽 보지 마, 기사 양반. 신호등 바뀐다, 앞을 봐."

"예이예이."

미끄러지듯 차가 움직이기 시작했다.

그러고 보니, 이 녀석에게 묻고 싶은 것이 한 가지 있었다는 사실이 떠올랐다.

"그 집에 왜 어항이 있는 거야?"

"허?"

"필터까지 준비돼 있었어. 어떤 사태에 대비한 비축품이야, 대체."

"……아, 그렇구나. 그런 게 있었구나."

"아니, 그렇구나, 가 아니지. 알고 금붕어를 떠넘긴 거

아냐?"

"아냐, 아냐. 완전히 잊고 있었어. 아무것도 없어도 세면대나 뭐 그런 곳에서 키울 수 있을 거라고 생각했는데."

그렇구나, 있었구나, 하는 무책임한 말을 해온다.

"세이프하우스는 평소에는 안 쓰는 곳이잖아. 그래서 예전에는 창고처럼 되어 있었으니 아마 그때 놔둔 게 아닐까."

그게 뭐야, 하고 생각했다.

"……그럼 왜 우리 집에서 금붕어를 키우게 한 거야? 이오…… 씨를 부추긴 거, 너 맞지?"

"그것도 뭐, 그렇게 깊은 의미가 있는 건 아니었는데."

굳이 말하자면, 하고 코타로는 잠시 틈을 두더니,

"틀어박힌 채로 아무런 할 일이 없으면 인간은 쓸데없는 생각을 하기 십상이잖아. 에마 씨 같은 타입은 특히나 더. 그러니까 좀 넘칠 정도로 돌봐줄 상대가 있는 편이 낫지 않을까 싶어서."

"뭐?"

예상 밖의 말을 들었다.

"그런 이유로? 이 비상사태에?"

"비상사태인 만큼 마음의 평화는 중요해. 난 눈치가 좀 있는 편이니까 말야."

킬킬 웃는다.

"그러고 보니 물고기를 기르는 경우에도 애니멀 테라피라고 한다나 봐. 뭔가 좀 위화감이 있잖아? 애니멀이라고 하면 역시 개나 고양이 같은 이미지고. 근데 생물학상으로는 아니래. 하기야 물고기도 등뼈가 있으니까 척추동물이라고 하면 맞는 말이긴 한데, 뭔가 좀 알 수 없는 찜찜함이 남는 달까."

알맹이 없는 말들이 차례차례 코타로의 혀에서 새어나왔다.

흘려들으면서 소지는 작게 혀를 찼다.

"⋯⋯쯧."

쓸데없는 걱정을 해대긴.

3할 정도는 진심으로, 그렇게 속으로 중얼거렸다.

◇

집으로 돌아왔다. 할 일이 많다. 손 씻기, 양치질. 침입자가 없었는지 간단한 점검. 그 모든 것을 마친 후 냉방 스위치를 켰다.

"후우⋯⋯."

냉풍을 맞으며 한숨을 돌렸다. 조금씩 땀이 식어가는 것이 느껴졌다.

통창을 덮고 있는 커튼의 물결이 내리쬐는 태양빛에 반짝였다. 그 바로 근처에서 알제논의 등을 발견했다.

"뭐 해."

말을 걸자 알제논이 천천히 돌아본다.

"거리를."

"보고 있었어?"

끄덕, 작게 고개를 움직인다.

알제논 바로 옆에 서서 소지 또한 같은 것을 바라보았다. 때마침 서쪽으로 기울기 시작한 태양이 거리를 이루고 있는 흰색과 녹색을, 그 너머로 펼쳐진 바다의 푸른색을, 즉 그곳에 펼쳐진 세계의 모든 것을 선명하게 비추고 있었다.

눈을 가늘게 뜨고 소지가 물었다.

"너도 이런 경치를 예쁘다고 생각해?"

짧은 침묵

"잘 모르겠어."

시선을 창밖에 둔 채 그렇게 대답해 온다.

"역시 인간과 넌 가진 감성이 다른 건가."

"그것도 모르겠어. 나는──."

손바닥을 살짝 유리창에 가져간다.

그대로 무언가를 움켜쥐듯이 손가락을 접는다.

"나는 내가 뭘 느끼는지 모르겠어. 말로 표현할 수 없어."

"그렇군."

이 녀석이 자신을 설명하지 못하는 것은 하루 이틀 일이 아니다. 그리고 그것도 당연한 일이긴 했다. 이 녀석이 다룰 수 있는 것은 사나쿠라 사키미가 아는 어휘뿐. 자신을 표현할 수 있는 자신만의 말 따위는 처음부터 하나도 갖고 있지 않을 테니까.

그래도.

"스스로에 대해서는 조금은 알았어?"

물어보았다.

알제논은 뒤를 돌아보았다. 키 차이가 나서 올려다보는 듯한 자세가 되었다.

"**사키미**의 몸에 파고든 기생 생물이라고. **코우메**가 그랬어."

"코우메?"

"그 의사."

아아, 그 나이 든 여의사 말인가. 그런 귀여운 이름을 갖고 있었나.

"전대미문의 기생 생물이 **사키미**의 의식도 봉쇄하고, 몸을 **빼앗고** 있는 거지."

거기서 힘없는 미소를 지으며.

"다시 말해 나쁜 괴물이야."

그런 말을 뱉는다.

소지는 할 말을 잃었다.

그리고 잃어버린 말들을 어떻게든 그러모아 목소리를 꺼냈다.

"연구동에서 발견한 그때 사키미는 상처를 입었어. 치명상이 될 뻔한 상처였지. 우연히 네가 들어가지 않았다면 죽었을지도 몰라."

처음에 봤던 X선의 사진 이미지가 생각난다. 하얀 음영이 덮고 있던 곳, 즉 〈콜 와다에〉에 의해 복원된 장소는 여러

주요 장기의 위치와 겹쳐 있었다.

"그런가?"

"그 한 가지 부분만큼은 나도 너에게 감사하고 있어. 고마워."

"그렇구나……. 나는 도움이 됐구나. 그건, 조금 기쁘네."

미소 짓는다. 하지만 역시 그 표정에는 힘이 없다.

"감사하고 있어. 하지만…… 그걸 알고도 난."

"알고 있어. **사키미**를 돕고 싶다, 맞지?"

손가락 끝이 뻗어와 소지의 입술을 눌렀다.

"내가 여기서 사라지길 바라는 거지?"

그건.

조금의 거짓 없이, 변명의 여지도 없이 분명 소지의 바람을 그대로 표현한 말이었다.

"그래, 걱정하지 마. 나도 똑같은 생각을 하고 있어."

상냥하고 투명한 미소를 머금은 채로.

"나쁜 괴물은 사라져야 해. 네 소원은 틀리지 않았어."

"……너."

"어차피 나는 머지않아 여기서 사라지는 거지?"

숨을 삼켰다.

"눈치채고 있었어?"

"왠지 모르게."

고개를 끄덕인 뒤 알제논은 문득 떠오른 듯한 표정을 지었다.

"아아, 아니야. 이럴 때는 그거지, 그 말을 해야 해. 『내 몸에 관한 일은 내가 제일 잘 알아』."

일부러 목소리를 낮추고 하드보일드 주인공 같은 목소리로 그런 말을 하더니…… 이어서 '후후'하고 즐겁게 웃는다.

어떻게 웃을 수 있을까. 소지는 그것을 알 수 없었다.

"약속을, 하자."

소지의 반론을, 아니 반응을 허락하지 않고 알제논은 일방적으로 선언했다.

"당장이라고는 할 수 없어. 지금 여기서 내가 떠나면 **사키미**의 몸이 망가져 버려. 하지만 머지않아 때는 올 거야. 그때가 오면."

손끝이 입술을 떠났다.

"어떻게 해서든, 나는 이 몸을 **사키미**에게 돌려줄게."

"하지만, 그럼 너는."

"그렇지, 나는, 나 혼자서는 생물일 수 없어. 다른 생물을 의지하지 않고서는 생물 흉내를 계속 낼 수도 없어, 하지만."

빙글, 춤을 추듯 몸을 돌려 등을 돌린다.

흰 치맛자락이 살짝 나풀거렸다.

"그때는 또 다른 생물 안에 들어가면 되지."

"뭐?"

그것은 소지가 전혀 예상치 못한 제안이었다.

"할 수 있어, 그런걸?"

"글쎄."

"글쎄라니, 너."

"나는, 나를, 아무것도 몰라. 모르는 건 대답할 수 없어. 하지만."

알제논의 손이 창문을 덮은 커튼을 쳤다.

레이스 너머의 햇빛마저 가려지며 방안이 단숨에 어두워졌다.

"나쁜 괴물이라면 분명 그 정도로는 뻔뻔해야겠지."

뭐야, 그게.

영문을 모르겠어, 이치에 맞지도 않는다. 하지만.

"……알았어."

이해도, 납득도 되지 않았지만 소지는 그렇게 대답할 수밖에 없었다.

"약속이야. 그땐 네 다음 몸을 찾는 데 도움 정도는 줄게."

"그래, 그건 좋네."

"요청사항이 있나? 워싱턴 조약에 어긋나지 않는 범위라면 들어줄게."

"그것도, 기뻐. 생각해 둘게."

그런 말을 하고 알제논은 창가에서 멀어졌다.

소지에게 등을 돌리고, 그 표정을 숨긴 채.

(4)

와타가세 부속중은 현재 여름방학이 한창이었다.

반 친구들이 바다니 산이니 수험 공부니 바쁘게 돌아다니는 와중, 카도사키 이오는 할머니의 병원 도우미 시프트를 늘렸다. 효도할 생각이 없는 것은 아니지만 목표는 아르바이트비. 그럭저럭 제대로 된 금액을 제공받고 있기 때문이었다.

　물론 제대로 된 의료 현장이라면 중학생이 할 수 있는 일은 정해져 있다. 하지만 제정신이 아닌 할머니의 병원에서는 할 수 있는 일이 의외로 많았다. 서류 정리라든지, 청소라든지, 급수기나 관엽 식물 등의 손질이라든지. 그러는 사이에 말을 걸어오는 환자들과의 잡담이라든지. 나머지는── 방범 카메라 확인과 영상 관리라든지.

　바쁜 날은 정말 바쁘다.

　그리고 바쁘지 않은 날은 뭐, 그렇게 바쁘지 않다. 그럴 때면 할머니가 '오늘은 그만 돌아가도 돼'라고 말씀해 주신다. 그리고 이오는 사양하지 않고 걸치고 있던 간호사복을 벗고, 병원을 나오는데.

　"아니, 아니지, 나카타. 우리 사이에 무슨 서운한 소리야. 응, 응. 그 건은 얼마든지 맡겨줘도 돼, 응, 걱정 없어. 만사 오케이야. 그래, 그래. 그러니까 네 쪽에 있는 보스한테 말야, 그래, 그 이야기 좀──."

　정면 출입구를 통해 밖으로 나오자마자 묘한 것과 마주

했다.

그 묘한 것은 머리를 은빛으로 물들인 경박한 청년의 모습을 하고 있었다.

다시 말해 『수다쟁이』인 시노기 코타로, 그 사람이었다. 이쪽을 등진 채 스마트폰으로 누군가와 통화하고 있다.

"응, 응. 그럼 그렇게 알고 있을게. 끊어~."

한껏 들뜬 어조로 무언가 이야기를 마치고 통화를 끊는다.

후우, 하고 한숨 돌리는 것을 보고는 다가가서.

"야."

등을 손끝으로 찔렀다.

"으헉?!"

허를 찔린 덩치 큰 남자가 있는 힘껏 몸을 젖혔다.

"이런 데서 뭐 하는 거야, 코타로 군."

"……아아, 이오. 날씨가 좋네."

"날씨를 떠나서. 남의 건물 앞에서 사기꾼처럼 오래 통화하지 마. 안 그래도 수상쩍은 눈초리를 받고 있으니까, 우리 병원."

카도사키 외과 병원의 평판에 대해서는 당연하지만 자업자득이다.

하지만 그 부분에 대해서는 싹 입을 닫았다. 사악한 여자였다.

"사기꾼 같다니 서운하네, 건전하고 훌륭한 계약 이야기를 한 거라고."

"설령 그렇다고 해도 코타로 군은 말하기만 해도 사기꾼 같아."

"잔인한 소릴 하는구나."

말로는 항의하고 있지만 얼굴은 히죽히죽 웃고 있다.

"그래서 왜 이런 데서 그 계약 얘기를 했던 거야. 우리 쪽 용건 아니야?"

"아~, 응. 코우메 씨한테 부탁할까 생각했던 안건이 있었거든. 근데 방금 다른 라인에 연결이 돼서 필요 없어졌어."

"흐음?"

이오가 고개를 갸우뚱했다.

"그럼, 그 일이 해결돼서 한가해졌겠네?"

"한가하지도 않고, 모두에게 사랑받는 『수다쟁이』는 늘 바빠서 땀을 닦을 시간도 없을 정도라고."

"흐음?"

빙글, 이오가 발길을 돌렸다.

"밥 먹으러 가자. 배고파졌어."

"혹시 이오, 내 이야기 들었어?"

"들었어, 들었어. 으음, 쿠폰이 아직 있던가?"

"여보세요~."

"꾸물거리면 두고 간다?"

대답을 기다리지 않고 성큼성큼 걷기 시작했다.

◇

후카미치역 남쪽 출구에서 도보 2분 거리에는 작은 상가 1층부터 3층까지 누구나 알 수 있는 초대형 체인 햄버거 가게가 들어서 있다. 1층에는 17석, 2층에는 38석, 3층에는 32석. 예전에는 3층에서 흡연이 가능했지만 시류 탓인지 얼마 전 전 전석 금연으로 바뀌었다.

수다를 떨기에는 그 3층 자리가 가장 좋다는 사실을 카도사키 이오는 알고 있었다. 애초에 흡연석이라는 내력 때문인지 아래층들에 비해서 조금 한산하기 때문이다.

"사나쿠라 사키미 씨는 어떤 사람이야?"

눅눅한 포테이토 한 개를 집어들면서 이오가 물었다.

"잘은 모르겠지만 그 논짱이랑은 다른 사람이지? 좋은 사람이야?"

"그런 말을 들어도 곤란해. 나도 그 애랑은 안면 없거든."

커피잔을 손가락 끝으로 튕기면서 코타로가 대답했다.

"옛날에 에마 씨가 과외할 때 수업받던 애였대. 그리고 오랜만에 만났는데 만나자마자 이렇게 된 거고."

"과외, 제자……."

두 단어를 혀끝으로 굴려보았다. 촉이 왔다.

"사귀었구나!"

"여중생의 상상력은 무섭구나. 그거 농담 아니고 주위 눈빛 싸늘해지는 발언이다? 잘못하면 철컹철컹할지도 모른다?"

"에이, 재미없어."

이오가 입술을 삐죽였다.

"그건 동의해. 하지만 이 세상은 과한 자극을 요구해 봤자 제대로 된 일은 안 생기거든."

"음…… 그거 코타로 군이 말하니까 설득력 있네……."

"그렇지? 배어 나오는 어른의 관록이 그렇게 만들지?"

"제대로 되지 못한 어른의 견본이니까."

"정론은 때로 사람에게 상처를 주지."

전혀 상처받지 않은 코타로의 항의를 모른 척 흘려넘겼다.

기간 한정 아보카도 W버거를 크게 베어먹었다.

"뭐, 업무상으로 조금 조사하긴 했지만 말야."

포테이토 하나를 집어들면서 코타로가 재미없다는 듯 말했다.

"사나쿠라 사키미, 19세, 대학생. 와타가세 대학 문학부 2학년. 친구는 많지 않음. 보다시피 미인이고, 자잘한 일로 질투나 오해를 사는 경우가 많아서 사람 사귀는 데 이골이 난 패턴인 것 같아. 오해를 일일이 풀고 다니는 것보단 혼자 있는 게 편하고 좋아졌다는 느낌이랄까."

"흐음."

입안이 꽉 찬 탓에 일단 코로 대답했다.

콜라를 목에 들이붓는다. 예의 있게 먹는 방법은 아니지만, 여기선 그것을 지적해 줄 만한 제대로 된 어른은 없다.

마음껏 해도 그만이다.

"논짱과는 상당히 다른 타입이구나?"

"뭐, 그렇지. 어느 쪽이냐 하면 에마 씨 쪽에 더 가까워."

"아……."

이오는 비스듬히 시선을 돌려 화제에 거론된 에마 소지를 떠올렸다.

딱히 특별할 곳 없는 지극히 평범한 청년처럼 보였다. 적당히 성실하고. 약간 소극적이고, 조금 착하고. 그런 어디에나 있을 것 같은 타입.

방금 들은 사나쿠라 사키미의 이미지와 딱히 다르지 않았다.

"……에마 씨 쪽은 어떤 사람이야? 난 별로 대화한 적 없거든."

"응? 응! 그 사람은 말이지. 뭐랄까, 그래…… 고생을 많이 한 사람이야."

그건 뭐, 그런 느낌이긴 한데.

하지만 그 할머니의 병원을 사용하는 사람들은 모두 저마다 힘든 사정을 안고 있다. 인생에 어려움을 겪지 않는 사람은 거의 없을 것이다. 그러니까 설명이 그것뿐이면 딱히 특별하게 들리지 않는다. 다음 말이 이어지기를 기다렸다.

"옛날에 여러 일들이 있었어. 일종의 대인기피증 같은 거라 다른 사람이랑 신뢰 관계를 맺을 수가 없지. 이해의 일치라든가, 거래 상대라든가, 그런 표면적인 변명이 없으면 사람과 교류하지 못하는 거야."

"흐음……."

생각났다. 동거인이 갑자기 늘어나 당황하던 그 모습. 그
것은 고립이 당연한 삶을 살아왔기 때문인가. 그렇다면 납
득이 간다.

"음? 근데 말이야."

손가락으로 가리키…… 는 건 예의 없는 행동이었기에 감
자튀김 한 가닥을 들어 눈앞의 남자에게 향했다.

"코타로 군은 자칭 절친이지? 이상하지 않아?"

"하하, 뭐, 나는 그 사람의 열렬한 팬이니까. 약간의 편법
을 찾은 거지."

"그게 뭐야?"

"신뢰 관계를 맺을 수 없으니까 신뢰받지 않으면 돼. 간단
한 거야."

"……아니, 의미를 모르겠는데?"

"약속했거든, 만일의 경우에는 반드시 배신하기로."

"뭐?"

귀를 의심했다.

배신한다는 것은 즉, 그러니까, 그런 걸 말하는 걸까. 적
이 된다든지, 뒤에서 찌른다든지, 그런 거. 좋은 일도 아니
고, 환영할 일도 아니고, 자랑할 일도 아니고, 칭찬받을 일
도 아니다. 아, 하지만 확실히 신뢰 관계와는 정반대의 사이
라고 할 수 있을지도 모른다. 아니, 그래도 그걸 먼저 말해

버리면 의미가 없고, 굳이 약속할 일도 아니지 않나, 아아, 역시 전혀 모르겠다.

"그래서 그걸 믿어준 거지. 시노기 코타로는 만일의 경우, 확실하게 에마 씨를 내치고 사리사욕을 채울 수 있는 인간이라는 걸. 야아, 그때는 기뻤지."

……응, 뭔가 이제 이해하려는 것 자체가 의미없는 짓 같았다.

"에마 씨가 괴짜라는 건 알겠어. 그리고 코타로 군이 동류라는 것도."

"헤헤, 그렇지?"

왜 거기서 기쁜 듯이 콧등을 문지르는 걸까.

'남자애들은 전혀 모르겠어.'

남은 콜라를 쭉 들이키면서 그런 생각을 했다.

굳이 실제 나이는 따지지 않았다. 반 남자들과 같은 수준으로 유치하니 남자애라는 표현은 적절하다고 생각했다.

찌롱찌롱찡 찌롱찌롱찡.

갑자기 무슨 소리인가 했더니 스마트폰 벨소리였다.

"……미안해, 잠깐 자리 비울게."

"아, 응. 갔다와."

사이드백에서 스마트폰을 꺼내며 코타로가 자리를 떴다.

'……아까랑은 다른 스마트폰…….'

병원 앞에서 코타로가 쓰던 핸드폰은 빨간 케이스에 담겨져 있었다. 그리고 지금 그가 들고 있던 것은 녹색 고무 케이스다.

그 자체는 뭐, 복수의 연락처를 구분해서 사용해야 하는 일을 하고 있다면 별로 드문 이야기는 아니다. 그가 말하는 『수다쟁이』도 아마 그런 종류일 것이다. 그러니 전혀 부자연스러운 일은 아닌데.

벨소리가 들린 순간, 코타로의 표정에는 뚜렷한 긴장감이 감돌고 있었다.

그 사실만이 묘하게 이오의 마음에 걸렸다.

(5)

태도를 바꾸지 말자, 소지는 스스로에게 타일렀다.

알제논은 적이 아니다. 사키미를 돕는 데 분명 방해가 되는 존재이기는 하지만, 본인이 그것을 자각하고 있고 스스로 물러나겠다고 선언하기도 했다. 그 주장을 믿는다면 적이 아니라 오히려 우리 편이자 동지였다.

그러니 이제 이 녀석에게 적의를 품을 이유가 없다.

조금 더 말하자면 당사자인 알제논은 변함없었다. 소지의 말을 듣고, 지시에 따르며, 원하는 것이 있으면 말로 전한다. 전적으로 믿고 의지하고 있다. 적어도 그렇게 느껴졌다.

그렇다 해도.

마음을 내주지는 말자고 소지는 다시 한 번 스스로에게 명했다. 이 녀석이 미확인 생물임에는 변함이 없는 것이다. 언제 어떤 위험으로 돌아설지 본인을 포함해 아무도 모른다. 그러니 경계는 필요하다, 라고.

그렇게 생각하지 않으면 판단력이 흐려질 것 같았다.

◇

알제논이 영화를 보고 싶다는 말을 꺼냈다.

갑자기 무슨 말을 하는 건가, 하고 생각했다.

그렇다고 해도 세이프하우스에 갇힌 덕에 여유가 남아도는 상황이었다. 거절할 이유도 없다. 스마트 TV를 켜고 리모컨을 건넸다. 알제논은 푸른빛이 도는 눈을 반짝이며 화면에 달라붙었다.

"그렇게나 좋아?"

그렇게 물었더니 '응' 하는 대답이 돌아왔다.

"**사키미**는, 별로, 이런 이야기를 보지 않았어. 그러니까, 나한테는, 전부 다, 새로워."

"흐음……."

그건 좀 의외이긴 했다. 소지가 아는 사키미는 약간의 독서가로, 어느 쪽인가 하면 문학소녀 성향에 가까운 이미지였다.

하지만 다시 생각해 보면 논픽션을 선호하는 경향이 있었던 것 같기도 하다. 문자를 읽는 것은 좋아하지만 지어낸 이야기를 그렇게 좋아하지 않는 타입이었을까. 그것도 딱히 와 닿지는 않는 해석이지만.

"추천할 만한 거, 있어?"

"나한테 물어도 말이지. 요즘은 거의 안 보니까……."

잔에 보리차를 따르면서 소지는 잠시 고민했다.

"정석인 액션 쪽부터 공략해 볼까? 공포 쪽도 괜찮아?"

누가 뭐래도 알제논 본인이 공포 영화적인 존재였으니, 약간의 농담을 섞어 그런 이야기를 했더니,

"모르겠어. 보여줘, 못 볼 것 같으면 말할게."

진지한 얼굴로 그런 말을 들었다.

"……그래. 기브업은 빨리 해줘."

"응."

진지한 얼굴로 고개를 끄덕인다.

방의 조도를 조금 낮췄다. 보리차 잔을 들고 소파에 둘이 나란히 앉았다. 팝콘이 없는 것이 조금 아쉬웠다.

이어서 화면에 흘러나온 것은 조금 오래된 액션 영화.

20세기 초 파리를 무대로 지루함에 이골이 난 불사 흡혈귀들이 한 소녀를 두고 싸운다. 어차피 죽지 않는 무리들 간의 싸움이다. 벌이는 모든 짓이 어색하고 적당하며, 거리 곳곳에는 엉성하게 피가 묻어 있고, 인간들이 비명을 지른다.

"……그러고 보니."

흡혈귀 중 한 명이 박쥐로 둔갑해 밤안개 속을 날고 있다.

무수한 쇠말뚝이 어디선가 쏟아진다. 필사적으로 피하지만 하나가 심장을 관통하고 개선문 같은 돌벽에 그대로 박힌다.

"넌 이런 거 못해?"

"이런 거라니?"

"초인적인 괴력을 쓴다든가, 등에 날개가 돋아난다든가."

"……아아."

옆에서 알제논의 어깨가 작게 흔들린다.

세로로, 가로로.

이어서 작은 주먹을 쥐었다 폈다, 상하좌우로 흔들어본다.

"방법을 모르겠어."

"그렇군."

가벼운 마음으로 물어본 것뿐인데 참으로 성실한 반응이었다. 기대에 부응하지 못한 것에 당사자는 아쉬워했지만, 오히려 성공했다면 더 큰일이 벌어졌을 것이다. 그러니 차라리 잘됐다.

화면 속에서는 이야기가 진행되었다.

청년 흡혈귀가 주인공 소녀를 데려가 상황에 대해 설명한다. 자극에 굶주린 흡혈귀들이 벌이는 향락의 파티, 점찍은 한 사람의 피를 누구의 것으로 삼을 것인가를 겨루는 게임. 그것에 소녀는 격앙되어 흡혈귀의 뺨을 때린다. 말다툼이 시작되고, 거기에 또 다른 흡혈귀가 달려들고, 두 사람은 도망쳐 나와 서로에게 욕설을 퍼부으며 거리를 뛰어다닌다.

차례차례 쏟아져 나오는, 자본이 별로 느껴지지 않는

CG.

이야기는 후반부로 접어들고 상황은 급변한다. 움직이기 시작하는 뱀파이어 헌터, 사냥당하는 흡혈귀들, 드러나는 음모, 상처받은 청년 흡혈귀, 소녀의 외침과 눈물, 그리고.

몽파르나스 변두리, 낡고 허름한 호텔의 한 객실에서 두 사람의 실루엣이 서로 겹쳐진다. 그리고 침대 위로 쓰러진다.

"……."

망했다, 하고 생각했다.

최근 영화에서는 수가 줄었지만 옛날 영화에서는 약속이라도 한 것처럼 삽입되던 일련의 흐름. 이른바 베드신이다.

'어떻게 반응해야 되는 거야, 이거…….'

소지는 곁눈질로 알제논의 모습을 살폈다.

예상했던 것 같은 반응은 없었다. 지금까지의 액션 장면을 보고 있을 때와 똑같은 자세로 화면에 눈을 돌리고 있다.

안심하는 동시에 그 반응에 위화감도 들었다.

어쩌면 이 녀석은 배틀도 로맨스도 구분할 수 없는 것이 아닐까. 애초에 인간이 아닌 것이다. 감성이 근본부터 다를 가능성도 없지는 않지, 않을까. 아니, 과연 어떨지.

'뭐…… 이 녀석이 동요하지 않는다면 나만 반응하는 것도 이상하지…….'

그런 아무래도 좋은 고민에 답을 내놓지 못하는 사이에도 이야기는 진행되었다.

마음이 통한 두 사람은 훌륭하게 힘을 합쳐 위기를 극복

하고 적을 격파한다. 그리고 이별 장면. 센강 저편으로 아침
햇살이 떠오르고, 소녀가 돌아봤을 때 그곳에는 더 이상 청
년 흡혈귀의 모습은 없었다.

엔딩 크레딧이 흐르는 가운데 옆에 있던 알제논이 깊은
숨을 내쉬는 것이 들렸다.

"그렇게 좋았어?"

물어보자 힘차게 고개를 끄덕이고는 '응' 하며 뒤늦게 대
답했다.

"속편이 있는데 그것도 볼래?"

스프링처럼 힘차게 알제논의 목이 돌아갔다. 열기마저 감
도는 시선이 똑바로 소지의 두 눈을 관통한다.

"……오케이."

리모컨을 조작했다.

영화를 연달아 세 편이나 보면 당연히 해는 지고 밤도 깊
어진다.

달리 할 수 있는 일이 없었다고는 하지만 참으로 나태한
하루를 보내고 말았다는 생각이 들었다.

여러모로 충실한 시간을 보냈는데, 조금 억울하다.

참고로 덧붙이면 바로 옆에서 알제논의 기척이 일희일비
하고 있다. 그것을 느끼는 것도 즐겁기는 했다. 시간을 공유
하고 있다는 실감이 든달까.

"사키미와는 역시 많이 다르구나."

알제논의 어휘가 늘어나면서 원활한 대화를 나눌 수 있게 되었고, 새삼스럽게 그 성격을 알게 되며…… 이제서야 비교를 할 수 있게 되었다.

기억 속에 있는 사나쿠라 사키미는 똑똑하고 강단 있는 아이였다. 영리하고, 똑부러지게 말하고, 동시에 본성을 숨기는 것에도 능숙한 아이였다. 같은 세대의 아이들과의 교제는 거의 없었던 것 같고, 협조성이 결여된 본인에게 콤플렉스를 가지고 있었다. 하지만 그럼에도 상관없다며 당당하게 가슴을 피기도 했다.

정리하자면 어리광을 잘 부리긴 했지만 누군가에게 의지하는 아이는 아니었던 것이다. 그런 부분이 소지의 인상에 남아 있었다. 물론 6년 동안 성장했으니 아마 성격도 어느 정도는 달라졌겠지. 하지만 그럼에도, 아무리 상상력을 발휘해도 옛날의 그녀는 지금의 알제논의 모습과는 겹치지 않았다.

당연하지만 피곤했다. 하품을 하면서 잘 준비를 했다.

샤워하고, 양치질을 하고, 가볍게 체조하고 이제 침대에 눕기만 하면 된다.

그러면 되는데, 잠옷 차림의 알제논이 소파에 앉아 있었다.

"……설마, 지금부터 한 편 더 보고 싶단 뜻이야?"

알제논은 대답하지 않았다.

"내일 봐. 자, 어서 침실로 가."

알제논은 움직이지 않았다.

"저기."

소지가 계속해서 이으려던 말을 가로막는다.

"여기가 좋아."

"……뭐?"

"나도, 여기서, 몸을 쉬고 싶어."

이상한 말을 하네, 하고 생각했다.

"이쪽은 내 영역이야. 너는 저쪽. 바꾸는 일은 없어."

"바꾸는 게 아니야. 같이 자고 싶어."

"아니, 이봐."

"**소지**의, 숨소리가 들리는, 거리가 좋아. 아니면, 더 가까
워도."

"안 돼, 안 돼. 됐으니까 혼자 자."

"부탁해도?"

"부탁해도 안 돼. 나를 포함해 도덕도, 상식도, 세상도,
법률도, 너는 침실에서 자야 한다고 말하고 있어."

"그런가……."

어깨를 푹 떨구고 등을 돌린다.

"**소지**랑 도덕이랑 상식이랑 세상이랑 법률이 말한다면 어
쩔 수 없지……."

작은 그 등을 보고 있으려니 영문 모를 죄책감이 가슴을
찔렀다.

"……내일 봐."

무의식적으로 그런 말을 걸고 있었다.

"네."

알제논은 돌아보며

"내일, 봐."

애매한 미소와 함께 그렇게 화답해 왔다.

넷 째 날 :

자신들이 발견한 가장 위대한 착각에

인간은 사랑이라고 이름 붙였다.

──니시나다 마키 『별들의 꼭대기에 앉아』

알제논과 어항

(1)

훗날 보도에 따르면 건물 자체에 많은 미비점이 있었다고 한다. 화재경보기 미비, 연기를 배출할 수 없는 뒤엉킨 방 배치, 대량으로 쌓인 가연물, 제대로 된 점검도 받지 못한 채 노후화된 가스 배선. 몇 년간 언제 큰 화재로 발전해도 이상하지 않은 상황이었다며 심각한 표정을 지은 전문가가 말했다.

하지만 그 무렵에는 아무도 그런 이야기는 듣지 못했다.

사건의 개요는 이렇다. 날짜는 5년 전인 6월 29일 저녁. 현장은 히노사토역 근처의 4층짜리 빌딩. 다양한 상점이 들어서 있던 곳에서 불이 났다. 시작은 2층에 있던 헌옷 가게. 발화 원인은 불명. 어째서인지 화재경보기는 작동하지 않았고 소방서가 사태를 파악했을 때에는 위층의 모든 것이 불길과 연기에 휩싸인 상태였다.

사망자는 6명. 부상자는 17명.

갑작스런 이 비극에 누구나 안타까워했다. 특히나 유족들은 갑자기 소중한 사람들을 잃은 충격으로 움직이지 못했다. 무릎을 꿇은 채로 일어서지도 못했다.

그 속에서 한 명의 청년이 힘겹게 일어섰다.

부모님과 형을 빼앗기고, 본인도 괴로운 심정이지만 그럼에도 어떻게든 앞으로 나아가려고 했다. 그리고 주변 사람들에게 말을 걸었다. 너무 슬프다, 너무 괴롭다. 그렇지만 자신들이 언제까지나 고개를 숙이고 있을 순 없다, 죽은 사람들도 원치 않을 것이다. 눈물을 닦고 일어나자. 그런 내용을 말했다.

실로 긍정적이고 인도적이며 지당한 발언이었다.

그것이 큰 실수였다.

『이런 순간에 일어설 수 있다니 이상해.』

SNS상에서 그런 말을 꺼낸 사람이 있었다.

정말 슬프고 힘들 때는 아무것도 못한 채 주저앉아 있는 게 당연한 거라고. 그 외의 행동을 하는 것은 죽은 사람들을 무시하는, 매정함의 발로나 다름없다고. 게다가 주위 사람들에게도 그것을 강요하다니 비상식에도 정도가 있다고.

그 주장은 청년 자신의 언행과 무관한 곳에서 순식간에 세상에 퍼져나갔다. 그리고 그것을 본 자들이 더욱 상상력을 발휘했다.

저 녀석은 보험금을 받나 봐.

저 녀석은 돈이 궁핍했을 거야.

저 녀석이 불을 지른 거 아니야?

저 녀석이 불을 지른 게 분명해.

저 녀석이 불을 질렀어.

범죄자다.

사형이다.

경찰은 뭘 하고 있는 거야, 살인자가 저기에 있는데.

그저 추측이었던 중얼거림은 계속해서 퍼지다 보니 너무나도 쉽게 진실이 되었다. 그의 죄를 전부 알고 있다는 태도로 해설하는 동영상이 리트윗되고 공유되어 리포스팅됐다. 후일 그 일련의 소동을 주간지에서 요란하게 떠들어 대기도 했다.

청년의 자택 문에 스프레이로 칠한 저질스러운 낙서가 도배되었다. 우편함에는 매일 협박편지가 들어왔다. 이웃의 주민들은 대체로 동정의 감정을 내비쳤지만, 그것도 점차 날이 갈수록 '빨리 나가줬으면 좋겠다' 같은 시선을 청년에게 향하게 되었다. 직접 돌을 맞은 것도 한두 번이 아니다.

그래도.
사실 여기까지라면 아직 견딜 수 있었다.
욕을 먹어도, 돌에 맞아도.
괴롭힘과 그 피해가 거기에서 그쳤다면, 에마 소지는 꺾이지 않고 살아갈 수 있었을 것이다.

의견이 갈렸다.
소지의 주장은 전쟁 영화였다. 우군에게 버림받아 최전방에 남겨진 소대가 어떻게든 필사적으로 살아남기 위해 고군

분투한다. 소재가 무거움에도 유머 요소가 담겨 있다느니, 후반 전개에는 감동이 몰아친다느니, 극장 개봉 당시부터 여러모로 평판이 자자했던 작품이다.

한편, 알제논의 요청은 스파이 영화. 어젯밤 본 영화의 속편격에 해당하는 작품이었다. 교착 상태에 빠진 전황을 단숨에 뒤바꿀 만한 최신 무기 설계도가 적국 스파이에 의해 반출됐다. 그 정보가 국외로 반출되기 전에 쫓아가서 되찾아야 한다. 수수께끼도 있고 액션도 있고 로맨스도 있는, 풍성하고 화려한 한 편.

참고로 태블릿이 있으니 둘 다 다른 걸 보면 된다는 제안도 했다. 하지만 이것은 알제논이 거절. 둘이서 함께 보고 싶다고, 그리고 체험을 공유하고 싶다고 강하게 주장하며 물러서지 않았다.

주먹을 냈다.

보를 냈다.

"이겼다."

흐흥, 하고 알제논이 코를 울렸고, 그러기로 결정되었다.

어제나 그저께와는 달리 오늘은 급하게 외출할 일정은 없다.

방안에서 얌전히 있어야 하는 상황에서 무엇을 할까, 하는 이야기가 나왔을 때 가장 먼저 제시된 것은 어제의 연장선이었다.

즉, 계속해서 영화나 드라마를 감상하며 보내는 것이다.

해당 계통의 구독 서비스 계약 하나와 그에 대응하는 스

마트 TV 한 대. 이 두 가지를 갖추기만 하면 얼마든지 그것
이 가능했다. 예전에는 같은 일을 하려면 DVD 대여점까지
왕복을 해야만 했다.

"세상 참 편해졌네……."

중얼거리며 감자칩 봉지를 뜯었다.

어젯밤보다 다소 표정이 풍부해진 알제논이 들뜬 모습으
로 소파 옆에 앉았다. '빨리' 하며 재촉해 온다.

"그래, 그래."

리모컨 조작. 오늘의 영화가 흘러나오기 시작했다.

턱을 괴고 멍하니 바라보았다. 아니나 다를까 딱히 재미
는 없었다.

결코 영화로서 재미가 없는 것은 아니다. 각본에도, 연출
에도, 배우의 연기에도 불만은 없다. 애초에 그런 부분을 세
세하게 따질 정도로 소지는 영화 자체에 박식하지 않았다.

그런 요소와는 전혀 다른 부분의 이유로 인해 소지는 그
것을 즐길 수 없었다. 고조되는 장면에서 진지한 얼굴이 되
거나, 긴박한 장면에서 쓴웃음이 지어지고 마는 것이다.

"왜 그래?"

직접적으로 물어온다.

"나도 가끔 스파이 행위를 하는 민간인이니까."

감자칩 한 개를 집어들며 소지가 답했다.

"픽션의 이면이 보인다는 건 좋고 나쁘고를 떠나 즐길 수
있는 경우와 그렇지 않은 경우가 있어. 나 같은 경우는, 별

로 즐겁지 않아."

"그런 건가?"

"그런 거지."

화면 속 주인공, 실력 좋은 스파이가 적의 기지에 침입한
다. 감시자와 카메라의 사각지대를 누비며 안쪽 방에 숨겨
진 기밀 서류를 노린다.

"이 정도라면 나도 아슬아슬하게 할 수 있어. 그리고 한
번 그렇게 생각하기 시작하면 솔직히 재미없지. 스릴은 본
인이 했을 때가 훨씬 있고. 리얼리티라든지, 세세한 부분도
신경 쓰이게 되니까."

특히 지금의 장면은 마침 비슷한 일을 얼마 전에 벌인 직
후였다. 그때는 불길에 쫓긴다는 옵션도 딸려 있었다.

"어차피 픽션을 볼 거라면 나오는 전혀 다른, 타인의 삶을
즐기고 싶어."

"그런 거구나."

알제논이 고개를 살짝 갸우뚱했다.

"즉, 내가 이 영화를 보면 **소지**의 삶을 조금은 알 수 있다
는 건가?"

"그건, 글쎄."

총격전이 시작되었다. 주인공이 빌딩에서 빌딩으로 뛰어
다니면서 권총을 연사. 추격자를 차례차례 처리해 나간다.

"이건?"

"이거라니?"

"**소지**는 총격전을 아슬아슬하게 할 수 있어?"

"아니, 저건 못 해. 쏘는 것도 맞는 것도 이젠 지겨워."

"해본 적이 있어?"

"휘말렸어. 두 번은 사양이야."

"총을 사용하지 않는, 격투전은?"

"그런 건 격투가가 하는 일이지. 도망다니는 것과 숨는 것 엔 그나마 자신 있지만, 때리는 것도 맞는 것도 나하고는 안 맞아."

"할 수 없다, 고는 말하지 않네. 하면 할 수 있어?"

"하기 싫으니까 더는 할 수 없어."

"그렇구나……."

잠시 고민하듯 틈을 둔다.

"**사키미**는 좀비를 쏘는 게임을 좋아하는 것 같은데."

호오.

"나도 좋아해, 그런 계열은. 좀비는 이미 죽은 거고, 뭘 해도 양심의 가책이 없으니까."

하지만 인간 상대로는 사정이 다르지, 라며 고개를 흔들 었다.

"어쨌든 난 더는 리얼한 총격전은 사양이야. 한번 손을 댔 다가 크게 실패했거든. 다시는 관여하지 않기로 마음먹었어."

"스파이인데?"

"가끔 스파이 일도 하는 민간인이야. 애초에 액션 영화 속 스파이는 액션이 신조지만 현실의 스파이는 수수함이 신조

거든."

"흐음……."

자연스러운 몸짓으로.

그 머리가 툭, 하고 소지의 어깨에 얹어졌다. 곧바로 밀었다.

"안 돼?"

"안 돼."

어리광을 부리듯 알제논이 **뺨**을 부풀렸다.

이런 행동은 어디서 배운 건지. 아니, 그야 물론 사키미의 기억에서 끌어낸 것이겠지만. 아니, 그래도.

"이게 **사키미**의 몸이라서?"

"그렇지."

"그럼, **코타로**라면 허락했을 건가?"

"전언 철회하지, 아무도 안 돼."

상상하게 하지 말라고, 그런 거.

"그렇구나."

"그래."

정신 나간 대화를 하고 있는 기분이었다. 알제논은 진지한 얼굴로 말하고 있지만, 거기까지 포함해서 콩트로밖에 느껴지지 않았다.

"역시, 나로서는, 사랑스럽지 않은가?"

"음?"

순간 그 질문을 이해하지 못했다.

"나는 **소지**의 인정에 매달려 살 수밖에 없는 몸이야. 그러니까, 조금이라도, 정을 느껴줬으면 좋겠어."

"아……."

과연. 조금 시간은 걸렸지만 말하고자 하는 바는 이해했다.

즉, 이 녀석은 실질적으로 주인이나 다름없는 상대에게 최대한의 아첨을 하고 있는 것이리라.

중지에 힘을 주고 그 이마를 향해 튕겼다.

"아파."

"쯧, 유창하게 말할 수 있게 됐나 했더니. 시답잖은 소리 나 해대고."

"시답잖은 소리인가?"

"그래, 다시는 그런 소리 하지 마. 그리고 그런 행동도 하 지 마."

"안 돼?"

"그래."

알제논의 손가락이 갈 곳을 잃고 그 자리를 살짝 방황했다.

그리고 가까운 쿠션을 끌어당기더니 힘껏 껴안았다.

(2)

오늘의 카도사키 외과 병원.

손님은 오지 않는다.

제대로 된 손님이라면 큰길가에 있는 제대로 된 병원에 가장 먼저 갈 것이다. 그곳에 갈 수 없는 사정이 있는 손님들만 이곳에 온다. 그러니 파리가 날리는 것 자체는 전혀 드문 일이 아니다.

어제와 그저께 환자를 데리고 달려온 에마 소지도 오늘은 쉬는 모양이었다. 아주 다행인 일이다. 곤란한 일이 일어나지 않았다는 뜻이니까.

"손님, 안 오네요."

진찰실의 침대 위, 한적함을 주체하지 못한 이오가 휴대폰 게임기를 손에 들고 뒹굴거리고 있다. 이 방이 가장 에어컨이 잘 되어 있기 때문이었다.

"칠칠치 못하긴. 방에서 나오는 것까진 안 바래도 좀 더 얌전히 있어."

"괜찮아, 괜찮아~. 이번 여름 트렌드는 연체형 여자야, 흐물흐물한 정도가 딱 좋다고!"

손발을 파닥파닥 움직였다.

"어느 나라의 트렌드니, 그건."

"무한한 세계선 어딘가에 분명 있을 거야, 그런 장소가."

"그럼 거기에 간 뒤에나 흐물흐물해지렴. 이쪽 세계선의 오늘 트렌드는 깔끔형 나이스걸이야."

"나이스걸이라는 말에서 나이가 느껴져."

"그런 나이니까."

우우, 하고 못마땅한 듯 신음하면서도 이오는 몸을 일으켰다.

게임을 끄고 문득 할머니 책상으로 눈길이 향했다. 한가

한 것은 자신과 똑같을 텐데 아까부터 마우스를 딸각거리며 무슨 파일을 읽고 있다.

"뭐 보는 거야?"

"이거 말이냐? 후후, 한 연구소의 기밀 서류란다. 이걸 읽어버리면 위험한 적들의 표적이 될지도 모르는 복잡한 사정을 가진──."

"아아, 논짱 연구 자료구나."

"조금은 무서워하는 게 어떠니? 협박하는 보람도 없게."

"그런 게 무서우면 할머니 가게에서 알바 같은 건 못 하지."

"그것도 그런가."

딸각딸각, 파일을 넘긴다.

"뭐 재미있는 내용은 없어? 개구리를 즐겨 먹는다든가."

"아니. 애초에 연구 자체가 고전을 면치 못했던 모양이야. 도움이 될 만한 정보는 어제 읽은 것에서 끝이군. ……근데 왜 개구리지?"

"그런 거라면 귀여울 것 같아서."

"도무지 알 수가 없구나……."

한숨 섞인 목소리로 노년의 여의사는 파일을 닫았다.

만일을 위해 스테가노 등의 암호 여부도 의심하면서 모든 데이터를 정밀하게 조사했다. 그 결과는 어이없을 정도의 백지. 이 파일들은 정보전을 조금도 예상치 못한 채로 그저 메모리에 들어있는 실험 데이터였다.

그리고 평문으로 쓰여진 그 내용물도 연구의 대략적인 내용을 알 수 있을 정도의 것이라 상세한 내용은 전혀 보이지 않았다. 만일 이 데이터를 바탕으로 연구를 재개해 달라고 한다면 그 자리에서 주먹으로 얻어맞을 만한, 그런 레벨이었다.

또는 이 기밀을 읽었으니 죽어야 한다는 말을 듣는다면 조금 더 그럴듯한 기밀을 준비해놔야 하는 거 아니냐며 가슴을 펴고 대꾸할 수 있다. 그 정도로 허술한 내용이었다.

개구리 이야기는 그렇다 치고, 정말로 그 아이——알제논의 개체 정보를 찾기 위한 단서 정도밖에 되지 못할 것 같았다.

"사람처럼 행동하지만 사람이 아닌 것이라."

"응?"

"아니, 잘 생각해 보면, 실로 이상적인 중국어 방*이 아닐까 하고 말이다."

"중국어? 할 수 있어, 논짱이?"

"아니. 튜링 테스트의 비유란다. 인간이 인간이 아닌 것에서 인간다움을 평가하기 위해 하는 실험이지."

방 안에 중국어를 전혀 읽지 못하는 영국인이 갇혀 있다. 그의 수중에는 두꺼운 매뉴얼 책이 한 권 있다. 이 방 안에 수수께끼의 문양이 그려진 종이가 들어온다. 영국인은 매뉴얼에서 그 모양을 찾아 거기에 적힌 대응하는 문양을 다른 종이에 그려 방 밖으로 돌려준다. 이 작업이 반복된다.

이 영국인에게는 의미를 알 수 없는 문양으로만 보이는

---

* 지능 테스트만으로는 기계의 인공지능 여부를 판단할 수 없다는 것을 논증하기 위한 사고 실험의 일환

그것은 사실 중국어 문장이다. 방에 들어오는 것은 중국어 질문이고, 매뉴얼에 나타난 문양——방에서 나가는 종이이기도 한 그것——은 그에 대한 답변이다. 이때 밖에 있는 인간에게는 이 방 안의 인간이 중국어를 이해하고 있는 것처럼 보일 것이다. 이것이 고전적인 사고 실험인 중국어 방의 개요다.

"즉?"

"'인간다운 사고'와 '그런 척만 하는 무언가'는 쉽게 구분할 수 없다는 이야기야."

반론도 많고, 컴퓨터가 발전한 지금으로서는 그다지 설득력 있는 이야기는 아니다. 하지만 그럼에도 '의식이란 무엇인가', 이런 생각에 관해서는 지금까지도 대표적인 사고 실험으로 남아 있다. 그런 내용을 나이 든 여의사가 말했다.

"잘 모르겠는데."

이오가 고개를 갸우뚱했다.

"논짱이 사실은 인간, 이라는 얘기야?"

"인간같이 생각하는 것처럼 보이기는 하겠지. 그 자체가 거짓말이냐, 진짜냐 하는 얘기란다. 세상에는 울음소리를 따라서 사냥감을 유인하는 동물도 있어. 그게 인간을 상대로 같은 짓을 하는 생물일지도 모르지. 이런 소리를 내면 이런 반응이 돌아온다, 그런 데이터를 쌓아놓고 저런 언행을 하고 있을 뿐일지도 몰라."

어려운 소리를 하네. 작게 투덜거린 이오가 곧 환한 표정으로 바뀌었다.

"생각났어, 그거 읽은 적 있어. 철학적 좀비라는 거지? 인간과 완전히 같은 외모와 사고방식을 가진 좀비가 있으면 구분이 아예 안 된다는 거."

"호오? 수업시간에 라이프니츠라도 배웠나?"

"아, 응, 맞아, 대충 그런 거야."

"……어디 만화에라도 나왔구나?"

"에헤헤."

이오가 눈을 돌렸다.

"그럼 물어볼까? 그 좀비 이야기를 듣고 이오 넌 어떻게 생각했니?"

"어떻게냐니…… 뭐, 별로 재미없구나 했지."

대답의 의미를 가늠하기 어려운지 나이 든 여의사가 눈썹을 치켜세웠다.

"난 만화에 나오는 오리지널 설정인 줄 알았거든. 인간은 특별하다는 얘기를 하려고 꾸며낸 건 줄 알았어."

"아하, 그렇구나."

"그 애를 인간으로서 대우하면 인간처럼 행동하잖아. 아무도 분간할 수 없을 정도로. 그리고 본인도 그걸 이용해서 뭘 하려는 것도 아냐. 그럼 사람 취급해도 상관없을 텐데, 아무 문제 없지 않나? 그렇게 생각했어."

애초에 말야, 하고 말을 이어가면서 이오는 침대 위에 주저앉는다.

"논짱은 귀엽잖아. 몸은 어른인데 뭐랄까, 작은 강아지 같아. 사람이 아닐지도 모르지만, 나는 좋아, 그 애."

"그런가."

좋아, 라는 한마디를 듣고 나이 든 여의사는 옅은 미소를 지었다.

"아, 혹시 에마 씨는 좀 다른가? 인간인가 인간이 아닌가, 그런 걸 신경 쓰느라 거리를 두는 타입인가? 그런 이야기?"

"설마."

하하, 하고 코웃음을 쳤다.

"정말 그랬다면 그나마 이야기가 빨랐겠지만 말야. 하지만 그렇진 않아. 그런데도 그 애송이 본인은 그렇게 믿고 있지. 그러니 이건 지금으로서는 적어도 웃어넘길 수 있는 촌극인 셈이야."

"……잘 모르겠지만, 즉 좋은 사람이라는 뜻?"

"그런 거다. 자, 한가하면 냉장고에서 보리차나 가져와주렴. 슬슬 차가워졌을 테니까."

"네~."

이오가 진찰실을 나갔다. 그 등을 곁눈질하면서 나이 든 여의사는 모니터 위의 서류로 눈을 돌렸다.

시선 앞의 리포트에는 244라는 숫자.

열흘하고도 네 시간. 그것이 생쥐의 몸에서 〈콜 와다에〉가 배출되기까지 걸린 시간. 다시 말해 〈콜 와다에〉가 생쥐의 몸에 머물 수 있는 한계였다.

아직까지는 확실히 웃어넘길 수 있는 촌극이다.

그리고 더는 촌극이 아니게 되는 날은 머지않아 올 것이었다.

(3)

이 녀석의 취미를 모르겠다.

턱을 괴고 소지는 화면을 바라보았다.

사키미의 모습을 한 그것은 피곤함을 모르는 것처럼 계속해서 여러 영화나 드라마를 보고 싶어 했다. 아침부터 식사와 화장실에 갈 때를 제외하고는 거의 계속 스마트 TV 앞에 붙어 있다.

그건 일단 좋다고 치자. 아니, 딱히 훌륭하다고 말하긴 어렵지만 사실상 대학생의 흔한 여가(와 체력) 사용법으로서는 그리 드문 것도 아니다. 소지 본인도 그런 식으로 가볍게 일주일 정도를 보낸 기억이 있다.

이상한 점은 보고 싶어 하는 작품의 선정에 대해서다. 처음에는 알기 쉬운 액션물, 그것도 시리즈를 따라가는 선택이 많았다. 그러다 어째서인지 중간부터 전혀 다른 장르의 작품을 넘나들며 선택하게 되었다. 전장 드라마물. 홈 코미디. 개나 고양이가 날뛰는 이야기. 우주 개발 현장을 그린 논픽션 드라마.

그리고 지금 화면 속에서는 반짝반짝 빛나는 의상으로 몸을 감싼 어린 소녀들이 악의 침략자들과 싸움을 벌이고 있는, 뭐 그런 애니메이션이 나오고 있다.

"**사키미**는 이런 걸 본 적이 없어."

"그건 듣긴 했는데."

덧붙여 전에 들었을 때에 비해서 **이런 것**이 의미하는 폭이 상당히 넓어진 기분도 들었다.

"하나의 이야기 속에, 많은 **사람**이 있어. 액정화면 하나를 사이에 둔 저편에 **사람**이라는 씨앗이 펼쳐져 있어. 이건, 정말, 굉장해."

"그런가."

소지도 지어낸 이야기는 좋아한다. 그러나 말하자면 그것은 자기혐오를 뒤집어 말한 것뿐이다. 이 녀석만큼의 장대한 이유는 없다. 그래서 공감은 되지 않았다.

스마트폰이 진동했다.

"……잠깐 얘기하고 올게."

"멈춰둘까?"

"아니야, 괜찮아. 아마 얘기가 길어질 거라."

"그렇구나."

쓸쓸히 대답하는 알제논에게 등을 돌리고 통화 버튼을 탭. 그대로 옆방으로.

◇

『접니다. 의뢰받은 건의 조사가 끝났습니다.』

메마른 여자의 목소리.

고양이 탐정 쿠보즈카라고 하면 히노사토 근처에서는 조금 유명한 심부름 가게다. 짧은 시간 아이 돌보기부터 자잘한 기계 수리, 그리고 별명의 계기가 되기도 한 잃어버린 애완동물 찾기까지, 그 일은 다양하다. 활동 지역이 겹치는 강아지 탐정 니시나카와는 견원지간이며, 실로 개와 고양이나 다름없다며 주위의 탄식을 사고 있다.

라는 것이 겉모습.

그녀의 뒷모습은 외도 조사 등을 메인으로 하는 흥신소업. 그리고 더 뒤의 모습이 이른바 정보원이다.

『우선 구두로 보고하고 정리한 파일은 후송하겠습니다.』

"아아, 부탁해."

『현재 움직이고 있는 고토 카오루의 수하는 26명, 그 전원에게 당신들의 수배 사진이 돌고 있습니다. 그러나 이들의 활동은 유흥가에 집중돼 있어요. 샅샅이 찾기 위해 시내를 뒤질 만한 인원도 없고요. 역앞이나 해안가에 접근하지만 않으면 직접 발견되는 일은 드물 겁니다. 구체적으로 위험해 보이는 곳은 우선 하루지온 상가의──.』

현상에 대해 간단한 보고를 받았다.

그것은 대체로 코타로를 통해 소지가 이미 파악하고 있던 상황과 일치했다. 그러니 다시 말해 코타로가 가진 정보의

진위를 확인한 셈이었다.

"포기할 기미는 없나?"

『없습니다. 그렇다고 장기전을 준비하는 모습도 아닙니다.』

"공격적이야?"

『글쎄요. 셋째 날인 오늘까지도 계속 윗선에서 지시가 들어오는 것 같아요. 첫날보다 오히려 기세가 더 오른 모습입니다. 현상 유지가 될 것 같다고 해서 방심하지 않는 편이 좋겠죠.』

"그래……."

탄식했다.

예상했던 것보다 훨씬 집요하게 쫓기고 있다. 다시 말해 저쪽에는 끈질기게 자신들을 뒤쫓을 만한 이유가 있는 것이다.

관심이 식을 때까지 숨어 있자는 것이 지금 자신들의 기본 자세였다. 다시 말해 관심이 식어 주지 않으면 아무리 시간이 지나도 움직일 수 없다. 적의 열기가 여전히 뜨겁다는 소식은 별로 달갑게 들리지 않았다.

섣불리 움직이는 것이 악수라는 것엔 변함이 없다. 그렇지만 이대로 여기에 틀어박혀 있어도 사태는 진전되지 않을 것이다.

"그렇게까지 해서 우리를 몰아세우는 이유는 알아?"

『아뇨. 거기까지는 더 깊이 파고들지 않으면 확인할 수 없을 것 같습니다.』

그것도 그렇겠지.

『……그리고 이건 충고입니다만. 고토 그룹 건을 빼더라도 잠시 숨어 있는 게 좋을 것 같습니다. 고리사(社)와 데세락이 당신을 찾고 있습니다.』

"허?"

얼빠진 소리를 내고 말았다.

"왜?"

『왜냐뇨. 잊어버렸나요? 작년 말 집안 소동 때 밀약 기록을 송두리째 가져간 실력을 발휘했으니까요.』

그러고 보니 그런 일도 있었나. 소지는 생각했다.

아주 성가신 일이었다. 중간에 손을 놓고 싶다는 생각을 몇 번이나 했지만 끝내 그 기회는 찾아오지 않았고, 결국 울며 겨자 먹기로 끝까지 달려갈 수밖에 없었다.

『처치할 생각인지 스카우트할 생각인지는 모르겠지만요.』

"아니, 아니. 잠깐만. 그건 내 공적이 아니잖아. 애초에 팀에서 한 일이고, 표면으로 드러난 건 우가 씨와 쿠로 자매뿐이고."

『그렇죠, 그들에게 공을 돌리고 당신은 숨었죠. 그 공작을 들켰어요.』

"……말도 안 돼."

천장을 올려다보았다.

살기 위해 배운 기술을 좀 사용해서 일했을 뿐이다. 애초에 일 자체도 자랑할 만한 내용은 아니다. 유명해지고 싶은 것도, 실력을 인정받고 싶은 것도 아니다. 이 업계에서 누구나 똑같이 제임스 본드를 동경하는 것은 아닌 것이다.

『그리고 또 하나.』

"또 있는 건가."

이제 그만 좀 해 줬으면 하는 것이 솔직한 심정이었지만, 그렇다고 그런 이유로 듣지 않을 수도 없는 노릇이다. 나쁜 소식은 대비할 필요가 있는 한 언제든지 필요한 정보였다. 이어질 이야기를 기다렸다.

『그 빌어먹을 애송이와, 아직 교류가 있는 것 같더군요.』

공손한 어조에서 무언가가 스며나오듯 어둡고 지저분한 말이 튀어나왔다.

"……그건, 뭐 그렇지."

『개인적인 충고입니다. 그건 너무 믿지 않는 편이 좋습니다.』

아아, 그런 얘기였나.

"여전히 미움받고 있네, 그 녀석은."

『뭘 남의 일처럼 말하는 거죠? 당신 자신이 다른 누구보다 강하게, 그에게 원한을 가진 몸이잖아요.』

"나는…… 뭐, 됐어. 그런 감정들에 이미 지쳤거든."

『관용을 베푸는 건지 뭔지는 모르지만 필요한 경계를 게을리하는 건 단순한 태만입니다.』

엄격하네, 하고 웃는다.

"괜찮대도. 애초에 이렇게 너라는 정보원한테도 의지하잖아. 그 녀석 말을 전적으로 믿는 것도 아니야, 그렇게 생각할 수 없어?"

『없습니다. 하지만 뭐, 그건 상관없어요. 충고는 했습니다. 이후엔 어떤 파멸을 맞든 당신의 자유입니다.』

"하하……."

『아, 그리고. 마지막으로 한 가지만 더.』

아직도 무슨 일이 남았느냐며 묻는 소지에게 정보원은 낮고 진지한 목소리로 말했다.

『두 분 함께 행복하시길.』

"늘 생각하지만 네가 가진 정보에는 치명적인 버그가 들어가 있지 않아?!"

항의의 목소리는 채 절반도 이어지지 못하고 통화는 끊겼다.

소지가 머리를 감쌌다.

◇

유리잔이 깨졌다.

소량의 보리차와 녹아가는 얼음과 유리 파편.

조금 늦게 한 줄기 피가 테이블 위로 떨어졌다.

"아……."

알제논이 멍하니 그 자리에 서 있었다.

마침 그 타이밍에 소지가 돌아왔다. 이제 막 끝내고 온 정보원과의 대화가 머릿속에서 날아갔다.

"너……!"

달려가서 상처를 확인했다.

왼쪽 손바닥을 비스듬히 가로지르듯이 긴 상처가 나 있다. 그렇게 깊지는 않지만 깜짝 놀랄 정도의 피가 쏟아지고 있다.

"멍 때리고 있으면 어떡해. 치료해야지, 치료!"

귓가에서 언성을 높였지만 반응은 희미했다. 알제논의 시선은 자신의 상처와 거기서 쏟아지는 피에 멍하니 쏠려 있다.

다급한 상황에 팔을 잡고 억지로 주방으로 데려갔다. 찬물로 상처를 씻어내고 이물질이 들어가지 않았는지 확인. 이어서 지혈. 하지만 여기서 애를 먹었다. 팔이 창백해질 정도로 압박하고, 몇 분 동안 갖은 애를 쓰고 나서야 가까스로 치료가 끝났다.

"……오오."

붕대에 칭칭 감긴 자신의 왼손을 보며 알제논이 내뱉은 첫마디는 그것이었다.

"너 말야, 좀 더 본인을 소중히 하라고…….""

좀 다르다는 것을 깨닫고 말을 다시 고쳤다.

"그 몸을 소중히 여겨. 네 거가 아니니까."

"아…… 그래."

아직 반쯤 꿈속에 있는 듯한 목소리로 알제논이 고개를 끄덕였다.

"쯧. 갑자기 무슨 일이야, 대체."

보고 있던 애니메이션에서 놀랄 만한 장면이라도 있었던

걸까. 그렇게 생각하고 화면을 바라보았다. 노부부가 나란히 툇마루에 앉아 여유롭게 차를 마시고 있다. 아무래도 아닌 것 같다.

"아니…… 무슨 일이 있었던 게 아니야. 잠깐 방심하고 있었어."

"좀 조심해."

"아, 어……."

약간 떨리는 목소리로 그렇게 말한 알제논은 다시 고개를 끄덕였다.

테이블 위에는 지혈에 쓰인 피 묻은 수건이 쌓여 있다.

알제논의 시선은 똑바로 그 얼룩으로, 즉 자신이 흘린 지 얼마 안 된 피에 쏠려 있었다.

그 사실을 소지는 눈치채지 못했다.

(4)

간판에는 세련된 디자인 문체로 『서머 플레이버 브루어리』라고 적혀 있다.

외관상으로는 이 빌딩 하나가 통째로 수제맥주를 주로 취급하는 바처럼 보였다. 개업 후 한동안은 실제로 매장을 열었다. 하지만 유행병 예방의 일환으로 음식점에 제한이 들어온 몇 년 전 무기한 휴업을 선언했다. 그 후 한 번도 영업을 재개하지 않았다.

애초에 굳이 가게로서 영업하고 손님을 맞이할 필요는 없다. 본인들의 아지트로서, 비합법적 활동의 거점으로서 쓸 수만 있다면 그것으로도 상관없다. 이 가게의 주인은 그렇게 생각했다.

"마음에 안 드네."

고토가 나무 의자 등받이에 체중을 실었다.

"왜 아직도 못 찾았지?"

"선수를 빼앗긴 게 치명적이었죠."

스마트폰 게임 화면에서 고개를 들지 않은 채로 작은 남자가 대답했다.

"이쪽이 추격자를 풀기도 전에 둘이 함께 몸을 숨겼다. 한 번쯤 집에 돌아와 물건을 챙겨갈 법도 한데 그런 흔적조차 없고. 맨몸뚱이 그대로 자취를 감췄어요. 당연하지만 경찰에 의지하려는 기색도 없고요. 어지간한 녀석이 할 수 있는 재주가 아니에요."

"어떻게 그게 가능했던 거지?"

"편집적인 수준으로 신중했거나, 혹은 이쪽을 이미 눈치 챘거나."

"이쪽?"

"고토 씨의 파괴적인 취미와 몰살 주의. 그걸 아는 녀석이었다면 바로 사라진다는 선택을 했다 해도 이상한 일은 아니죠."

"아? 아아⋯⋯."

고토가 천장을 올려다보았다.

"그런 거였나. 유명인은 피곤하군."

"우두머리 취미에 휘둘려야 하는 현장은 더 피곤하지만
요. 어쩔 건가요?"

"어쩔 거냐니?"

"슬슬 마무리한다는 선택지도 없지는 않아요. 클라이언트
는 도망친 벌레까지 없애라는 말까지는 안 했잖아요?"

"그건 그렇지."

벽으로 눈을 돌렸다.

본래 한정 메뉴 같은 것을 걸어놓기 위해 쓰였을 코르크
보드 위에 인쇄된 두 장의 사진이 붙어 있었다. 한 쌍의 젊
은 남녀. 각자 이름도 적혀 있다. 에마 소지와 사나쿠라 사
키미.

불타는 실험실에서 도주한 것으로 보이는 두 명의 생존자.

영상과 증언을 통해 두 사람의 신원은 특정했다. 곧바로
수배를 걸었다. 부하들을 이용해 주거지를 살피고 들릴 만
한 장소를 확인했지만 그 모든 것이 허탕이었다.

"그런 거 못하나? 그 왜, 동네 감시 카메라 해킹해서 찾
는 거."

"없어요, 그런 카메라. 하가미네시에 그런 예산은 없었거
든요."

"어, 여긴 없어? 그 상태로 치안 문제는 괜찮은 거야?"

"본인 입으로 잘도 말하시네요."

작은 남자가 게임 화면에서 고개를 들었다.

고토의 부하들은 대부분 훈련도 제대로 받지 못한, 양아치에도 못 미치는 아마추어들이다. 제대로 된 각오조차 없다. 그렇기에 반대로 말하면 제대로 된 프로는 하지 않을 바보 같은 일에도 가벼운 마음으로 손을 댄다. 상식적으로 생각했을 때 불가능한 일을 주저없이 벌인다는 그 위태로움이 고토 그룹의 최대 강점이다.

하지만 그런 만큼, 당연하게도 노련한 일을 기대하기는 어렵다. 진심으로 경계하는 프로를 적으로 삼게 되면 이는 치명적이다. 수적 우위 같은 것은 큰 도움이 되지 않는다.

"그 후로 시간도 지났어요. 아마 시외로 도망쳤을 거고 그렇게 되면 정말 찾을 수단이 없을 거예요."

"그야 뭐, 그렇겠지……."

고토는 의자에서 몸을 일으켰다.

다트 보드에서 화살을 한 개 뽑아 던졌다. 『에마 소지』 사진의 이마를 관통했다.

"……결국 이 남자는 뭐야?"

"뭐냐뇨."

"왜 거기 있었지? 어떻게 나를 알고 있었고? 왜 이 계집애를 데리고 도망갔지? 목적은 뭐고, 어떤 이익을 위해 그런 행동을 택한 거지?"

"딱히 재미있는 이야기는 없어요. 에마 소지, 무소속 산업 공작원. 눈에 띄는 큰일을 하진 않았지만 세세한 실적은 많아요. 그렇다기보단 이름이 알려질 위험을 걱정해서 큰 실적은 숨기고 있는 걸지도요. 성격은 뭐, 단순히 착한 사람이에요."

"뭐?"

"그러니까, 착한 사람이라고요. 그 왜, 자주 있잖아요. 가까운 누군가가 상처받는 걸 외면하지 못해서 자신의 몸을 개의치 않고 무턱대고 뛰어드는 녀석. 그러다가 대부분 금세 기력을 소진하고 사라지죠."

"사라지지 않았잖아."

"그렇죠. 이 녀석은 '대부분'에 들어가지 못하고 불행하게도 살아남았다는 패턴이에요. 애초에 공작원의 길로 들어선 것도 그거잖아요. 5년 전 빌딩 화재 사건 기억나세요? 그 피해자들을 위해 바쁘게 뛰어다녔더니 어느 순간 범인 취급을 받고 바깥세상에서 살 수 없게 됐고, 결국 뒷골목 신세로 떨어진 것 같아요."

"……아, 5년 전! 그때 그 녀석이구나! 있었지, 그런 놈!"

깨달았다는 듯 고토가 손뼉을 쳤다.

"야아, 진짜 불쌍했지, 그건! 선의로 움직였던 성실한 대학생이 한순간에 세상의 몰매를 맞고. 난 주간지에서 특집 기사를 읽고 울 뻔했다고."

"진범한테 그런 소리는 듣고 싶지 않을 것 같은데요, 그 사람도.”

“그 일로 날 알게된 건가. 그렇군, 인연인걸.”

“좋아할 때가 아니에요.”

“좋아하는 게 아니야, 재밌어하는 거지. 좋은 인연도 나쁜 인연도 똑같이 소중히 여겨야 해, 이 바닥에서는 말이야.”

“또 말만 번지르르하게 한다.”

작은 남자는 의자를 돌려 책상의 PC로 돌아섰다.

고토 카오루는 과거 평범한 불량소년 집단의 보스였다.

그리고 사실 지금도 크게 달라지지 않았다.

그때보다 부하들의 수는 늘어났고, 휘두를 수 있는 폭력이나 그것을 숨기는 잔재주의 폭도 넓어졌고, 그것들을 뒷받침해 주는 자금도 있고, 게다가 그것을 받쳐줄 커넥션도 굵어졌다.

하지만 뿌리는 그대로다.

마음에 들지 않는 것을 물어뜯고, 즐거워 보이는 일에 달려들고, 잘 풀리지 않는 일에 짜증 내고, 뭔가가 망가질 때마다 손뼉을 치며 소리를 환호한다. 고토와 그를 따라온 모두는 그런 아이 같은 나날의 연장선 위를 살아가고 있다.

“추적 상황 보고는 대충 이 정도예요. 그래서 고토 씨 쪽은 어떻게 되고 있죠? 협상은 진행된 거예요?”

“아…… 조금 재밌어질 것 같은데…… 어쩔까.”

"이제 와서 고민할 일이 있나요? 연구동은 탔다, 연구 진행은 불가능하다, 그걸로 끝 아닌가요?"

"현장의 영상을 보고 저쪽 연구자가 이상한 말을 꺼냈다나 봐. 이 아가씨 몸에——."

다트가 사나쿠라 사키미의 사진에 박혔다.

"타다 남은 실험 샘플이 들어갔을 가능성이 있다나."

"으아……."

작은 남자가 진심으로 진저리를 쳤다.

"그런 거라면 진짜 놓치면 안 되는 거잖아요. 어떻게 할까요? 적당한 시체를 만들어내서 속일까요?"

"뭘 그래, 잡으면 될 일이지. 내 감이지만 이 착한 인간은 그렇게 멀리까지 가지 않았어. 쓸 수 있는 방법은 있어."

"아니, 어디서 나오는 거예요, 그 자신감은."

"그리고 아무래도, 이야기가 더 진전될 것 같거든……."

갑자기 피아노 곡이 울려 퍼졌다.

베토벤 피아노 소나타 23번 F단조.

소리의 출처는 고토의 가슴 주머니 속이었다.

"이런."

착신을 울려대는 스마트폰을 꺼내 화면을 확인. 이어서 고토가 입술을 크게 휘며 미소를 지었다.

"호랑이도 제 말 하면 온다더니."

그 화면을 작은 남자에게 보여주었다.

"……왜 그 사람이 고토 씨에게 직접 연락을 해요?"

"그치? 재미있어질 것 같지 않아?"

유쾌한 모습으로 고토가 방을 나갔다.

그 등을 배웅한 작은 남자는 PC로 몸을 돌렸다. 방금 본 이름을 떠올리며 알아보았던 데이터를 불러들였다.

노먼 골드버그.

제약회사 에피존 유니버설사의 영업 부문 제2주임.

자신들의 현재 고용주, 야즈노 기술 연구소의 전무파가 업무 제휴를 하려고 하는 상대. 제휴 조건을 조금이라도 좋게 만들려는 의도로 그 연구동은 불태워졌다. 즉 상황의 관계자이기는 하지만 자신들과 직접적인 연결고리를 가진 인물은 아닐 것이다.

그런 그가 왜 고토에게 연락을 한 것일까. 그리고 왜 고토는 기분 좋게 그것을 받은 것일까.

생각할 수 있는 가능성은 한 가지.

"아아……."

작은 남자가 신음했다.

"설마 승산도 없는데 여기서 판돈을 더 올릴 생각인 건가…… 우리 보스는……."

(5)

결국 어제에 이어 꼬박 하루를 화면 앞에서 보내고 말았다.

◇

불 꺼진 방.

어둠 속에서 소지는 소파에 누워 있었다.

가슴속을 짓누르는 초조함이 소지를 잠들게 두지 않았다.

고토에 대해 생각했다.

그토록 화려한 일을 벌이면서도 고토 자신은 결코 유명인이 아니다.

무서운 이야기지만 파괴 공작에 능숙한 팀 자체는 세상에 그럭저럭 많다. 그중에서도 고토는 중간 규모의 사고를 가장한 시설 파괴를 전담하는 팀으로서 움직이고 있다.

그리고 소지에게는 가족을 빼앗은 직접적인 원수나 다름없다.

5년 동안 여러 번 복수를 생각했다. 팀의 전모는 교묘하게 숨겨져 있지만 지금의 소지라면 그 베일을 강제로 벗겨낼 수도 있을 것이다. 고토 본인도 늘 신변에는 신경을 쓰고 있겠지만, 앞뒤 생각하지 않고 달려들면 억제로 밀어붙이는 것도 불가능하지는 않다.

몇 번이고 생각했고, 그리고 그때마다 포기했다.

속 편한 망상으로 도망가지 말라고. 영화의 주인공이 아니라고, 그런 말도 안 되는 일을 벌여서는 안 된다며 스스로를 타일렀다.

아마 자신은 박정한 거겠지. 소지는 생각했다.

고토를 원망하고 있다. 미워하고 있다. 그럴 것이다. 그런데 도저히 그 감정을 토해낼 엄두가 나지 않았다.

감정이 움직이지 않으면 이성이 작용한다. 애초에 고토 개인에게 감정을 향하는 것이 잘못됐다는 것을 깨닫는 것이다. 빌딩을 태우게 한 의뢰자가 있을 것이다. 의뢰인에게는 그렇게 판단을 하게 만든 배경이 있을 것이다. 고토 이외에도 그의 손발이 되어 움직인 멤버가 있었을 것이다. 고토만 대표자로 벌을 내릴 것인가. 아니면 그들 모두에게 죄를 물을 것인가. 아니, 아마도 법은 그들 대부분을 죄인으로 인정하지 않을 것이다. 그러면 어떻게 할까. 감정에 따라, 기분에 따라 내 멋대로 단죄할 것인가.

그리고 늘 하는 결론에 이르는 것이다.

'엮여서는 안 돼——.'

물론 용서한 것은 결코 아니다.

다만 그것은 재해라고. 어떠한 악의가 있는 것이 아니라 그저 운이 나쁜 자에게 내렸을 뿐인 낙뢰와 같은 것이라고 생각했다.

그런데.

"엮여버린 거겠지……."

좁은 소파 위에서 몸을 뒤척였다.

5년 만에 상황은 크게 바뀌었다. 말 그대로 화재 현장에 뛰어들어 버렸다. 눈에 들어 쫓기는 처지가 됐다.

"……어떻게 된 걸까."

　움직이지 말라는 충고를 들었다. 자신 역시 그렇게 하는 게 가장 좋을 것 같았다.

　하지만 이런 생각도 드는 것이다.

　언제까지나 이러고 있다고 사태가 호전되지는 않는다. 그렇다면 여유가 있을 때 이쪽에서 움직이는 편이 낫다. 고토에게 다가가 정보를 찾고 난 뒤 다른 수단을 강구하는 것이다. 굳이 직접 충돌할 필요도 없다.

　오히려 그렇게 하지 않으면 언제까지 이런 생활이 계속될지 알 수 없었다.

"……."

　그 순간.

　그래도 될까 하는 생각이 뇌리를 스쳤다.

'아니, 그건 아니지.'

　고개를 흔들고 생각을 떨쳐냈다.

　자신은 인정에 매달려 살고 있다고 알제논은 말했다. 사키미의 얼굴을 사용해서, 사키미가 사용하지 않는 표정을 사용해서 호소해 왔다. 그 흐름에 무심코 휩쓸릴 것만 같았다.

　거절해야 하는데.

　거절할 수밖에 없는데.

"아아——."

쓸데없는 고민이 더해진 탓인지 조금 전보다 더 잠이 오지 않았다.

경첩이 삐걱이는 소리.

등 뒤에서 문이 열렸다.

'……화장실인가?'

그렇게 생각하고 자는 척 넘어가려고 했다.

하지만 아무래도 상황이 이상했다. 기척이 희미한 옷 스치는 소리와 함께 소파 쪽으로——즉, 이쪽으로 다가왔다.

"무슨 일이야?"

물었다. 대답은 없다.

말없이 걸음이 나아간다. 바로 옆에 선다.

"안 돼?"

중얼거리는 듯한 작은 소리로 묻는다.

"무슨 뜻이야."

눈을 감고 고개를 돌린 채 되물었다.

"여기서 자고 싶어. **소지** 옆에서."

"어제도 말했잖아. 절대 안 돼."

작은 물소리가 희미하게 들렸다. 어항 안에서 물고기가 튀었나?

"도덕과 상식과 세상과 법률, 내가 허락 못 해. 혼자 자."

"그 말은 나를 여자로 보고 있다는 뜻인가?"

으.

순간 말문이 막혔다. 그렇다기보다는 사고가 멈췄다.

"⋯⋯네가, 아니라 사키미를, 이지."

그리고 지금까지 몇 번이나 반복해 온 말로 도망쳤다.

이것은 결코 거짓말이 아니다. 거짓말이 아니니 드러날 일도 없다. 사나쿠라 사키미의 몸을 소중히 여긴다는 그 사실만으로 다른 사실을 숨길 수 있다.

"됐으니까 시시한 소리 하지 말고 얼른 방으로 돌아가."

"사람은."

띄엄띄엄 말한다.

"애정을 통해 강해지는 거지?"

갑자기 무슨 말을 꺼내는 거야, 이 녀석은.

"그래, 그런 놈도 있겠지."

진의를 파악하지 못해 적당한 말을 되돌려주었다.

"애정을 서로 확인하면 그 강도도 확고해지겠지?"

"그래, 그럴 수도 있겠지."

무슨 말을 하는 건가, 이 녀석은, 하고 생각했다.

이해하지 못했다. 아니, 이해하기를 거부하고 있었다.

이 상황에서 눈앞의 여자애가 무슨 말을 하는지, 그것에서 눈을 돌리고 있었다. 의식에서 떨어뜨리고 있었다.

그래서 어쩔 수 없이 반응이 늦었다.

꾸욱, 하고. 생각 외로 강한 힘으로 어깨를 붙잡혀 억지로 방향이 돌아갔다. 누운 채로 눈을 떴다. 어둠에 익숙한 눈에

천장이 비쳤다. 그러나 그것도 한순간뿐이고,

"──읍?!"

입술에.

뜨겁고 부드러운 것이.

충돌하듯, 밀려왔다.

"──."

알제논이 무엇을 하고 있는지. 자신이 무엇을 당하고 있는지. 아주 조금이라도 생각했다면 금방 결론이 났을 텐데.

이때까지도 머리는 이해를 계속 거부했다.

그래서 저항할 수가 없었다.

시간이 얼마나 흘렀을까. 천천히 그 열기가 소지의 입술을 떠났다.

바로 눈앞에 **알제논**의 얼굴이 있다. 무척 가깝다. 그야말로 사이 좋은 연인들이 금방이라도 입술을 포개기 직전 같았다.

'……읍!'

드디어 이성이 일을 재개했다. 불과 몇 초 전까지 자신들이 무엇을 하고 있었는지 정확히 이해했다.

그리고.

──소지 선배!

귓가에 이곳에 없는 누군가의 목소리가 되살아났다.

속이 뒤집혔나 싶을 정도로 강렬한 토기가 치밀었다.

──정말 좋아해요, 선배.

잊고 있었는데.

잊어가고 있었는데.

이제야 기억하지 않을 수 있게 됐는데.

"소지."

속삭이는 듯한 목소리로 이름이 불렸다.

"……무슨, 생각이야?"

토기를 억누르며 간신히 대답한 목소리는 잔뜩 쉬어 있었다.

"유혹을, 하고 있어."

삐걱, 소파 스프링이 작게 삐걱거렸다.

"사람은 이렇게 마음을 잇는 거지?"

소파에 두 팔을 짚고 덮쳐 온다.

"함께 어려움을 극복할 수 있는, 유대감이라는 걸 기를 수 있는 거지? 나는 어떻게든 그걸 갖고 싶어."

아아──.

절망적인 기분이 들었다.

사람의 마음이 이어지는 수단이라면 달리 많은 것들이 있을 것이다. 사랑을 쏟거나 받는 것에도 그것을 나타내는 많은 형태가 있을 것이다. 그런 것은 인간으로 살아온 사람이라면 누구나 이해할 수 있는 상식이다.

그런데 이 녀석은.

생후 며칠밖에 되지 않는 갓 태어난 인격은.

사람으로서 보내는 시간을 알지 못한 채 꾸며낸 이야기 속의 삶만을 봐왔다. 그러니 영화나 드라마 속에서 본 것 이외의 방법은 아예 모르는 것이다.

"비켜."

알제논의 움직임이 멈췄다.

"**소지?**……."

"떨어져."

강하게, 명령했다.

눈에 띄게 당황한 알제논은 그 말에 따랐다.

소지는 상체를 일으키며 가볍게 고개를 흔들었다. 가슴을 강하게 눌러 견디기 힘든 토기를 간신히 참아냈다.

"아……."

어둠 속에 보이는 알제논의 눈에 경악과 공포의 빛이 서렸다.

소지 자신은 자신의 표정을 볼 수 없다. 그래서 도대체 무엇이 그녀를 그런 얼굴로 만든 것인지는 모른다. 그리고 딱히 관심도 없다.

"**소**……."

"그 입 다물어, 괴물."

강한 말을 내뱉었다.

"넌 그냥 해로운 괴물이야."

몸을 일으켰다.

본래 소지에게는 잠옷을 입는 습관이 없다. 벽에 걸려 있던 겉옷을 걸쳤다. 그것만으로 외출 준비가 끝났다.

"어디…… 로……."

마루 위에 털썩 주저앉은 알제논이 가느다란 목소리로 물어왔다.

"네가 없는 곳."

그 말만을 남기고 방을 나왔다.

◇

여름밤의 더위가 소지의 몸을 감쌌다.

고토에 대해 생각했다. 지금은 움직이지 말아야 한다는 당연한 사실이 떠올랐다. 오늘 같은 날들을 반복하며 기회를 기다려야 한다고.

그것도 좋을지도 모른다고, 조금 전까지는 생각하고 있었다.

그것은 무리라는 것을 바로 지금 깨달았다.

"……시작할까."

밤하늘을 향해 그렇게 선언하고 소지는 빠른 걸음으로 걷기 시작했다.

이별의 말을 제때 할 수 있다는 것은,

그저 그것만으로도 행복한 일이었다고.

저마다의 긴 하루

(1)

5년 전 그 화재 사건 이후의 이야기다.

에마 소지는 가족을 잃은 슬픔에서 일어서려고 했다.

그 모습을 많은 무관한 자들이 비난했다.

누군가를 탓하는 누군가의 모습을 보고, 더 나아가 그 바깥의 무관한 누군가가 끓어올랐다. 악을 탓하는 행동에 교양 따위 필요 없다. 거리낌 없이 욕설과 돌멩이를 던져왔다.

그것은 확실히 힘겨운 날들이었다.

그러나 소지는 이것을 견뎌냈다.

그런 소지를 주위에 있는 가까운 인간들은 지켜주려고 했다. 친구들이, 연인이, 곁에 있어 주었다. 감싸주었다. 함께 비난을 감내해 주었다. 멈추지 않고 쏟아지는 공격을 함께 견뎌냈다. 그리고,

……그랬다. 여기서 소지는 또다시 틀리고 말았다.

확실히 소지는 견딜 수 있었다. 그러나 그것은 누구나 똑같이 견딜 수 있다는 뜻은 아니었다.

욕설을 듣고 돌멩이를 맞고. 그런 나날들 속에서 친구들은 점점 깎여 나갔다. 특히 연인은 눈에 띄게 쇠약해졌다. 뼈가 보일 정도로 말라붙었고, 누가 보기에도 알 수 있을 정도로 한계에 가까워지고 있었다. 소지의 눈에는 그녀에게

죽음이 임박한 것처럼 보이기까지 했다.

헤어지자, 보다 못한 소지가 말문을 열었다.

『나는 소지 선배처럼 정의의 편이 되고 싶은 건 아니지만.』

그러나 그녀는 듣지 않았다.

『소지 선배가 거기서 열심히 하는 동안에는. 선배의 편을, 절대 그만두지 않을 거야.』

그렇게 우기면서 물러서지 않았다.

무시해 버렸다면 좋았을 텐데.

아니면 배신했다면, 그걸로도 좋았을 텐데.

믿음이, 친애가, 소지와 이 여인을 묶은 채 떼어주지 않았다.

그렇다면. 그때의 소지는 마음먹었다.

그들이 생명줄을 놓아주지 않겠다면, 스스로 그것을 끊겠노라고.

계곡 밑바닥에는 자신 혼자 떨어지겠노라고.

그녀에게 책임을 떠넘길 생각은 없다.

거듭된 실패는 모두 자신의 탓이다.

그러면서 이런 마음은 두 번 다시 겪지 않기를 당시의 소지는 간절히 바랐다. 그래서 모든 걸 버렸다. 에마 소지로서 길러 온 21년을 버리고, 그 후의 인생을. 혼자서 살아가는 것을 택했다.

누군가에게 소중히 여겨지는 것도. 누군가를 소중히 여기는 것도, 더는 하지 않았다. 저주와도 비슷한 결의를 자기 자신에게 새기고. 그렇게 살아가기로 마음먹었다.

그것이 5년 전 그 화재 사건 이후의 이야기의 전말이다.

◇

하가미네시 해안가에는 다양한 관광지로 가득하다.

가이드북에 의하면 이곳을 둘러보는 것은 젊은 층을 위한 정석 데이트 코스라고 한다. 눈부신 순백의 산책 코스. 바닷바람이 풍겨오는 레스토랑 거리. 이들을 빠져나간 끝에 자리한 차분한 분위기의 분수 공원.

슬픈 현실로서는 이 정석 데이트 코스는 관광객들에게 큰 반응을 얻지 못하고 있다. 굳이 말하자면, 평범했다. 굳이 하가미네까지 와서 둘이 함께 돌아보고 싶냐 묻는다면, 그 돈과 시간으로 다른 곳에 가고 싶다는 대답이 나올 것이다. 그건 그렇다.

그리고 기뻐해야 할지 알 수 없는 또 다른 현실로는 이 정석 데이트 코스가 현지 젊은 층에게는 나름대로 편리하게 사용되고 있었다. 부담없이 갈 수 있는데다 제법 분위기도 좋고, 게다가 멀리 나가는 것에 비해 돈이 들지 않았다. 이보다 더 완벽할 순 없다.

그래서 5년 전에는 자신들도 자주 이곳에 왔었다.

그래서 지난 5년 동안 자신은 한 번도 이곳에 오지 않았다.

에마 소지는 아침 햇살이 비친 바닷가 산책 코스를 혼자 걸었다.

매미 소리가 시끄럽다.

하가미네시는 해안과 인접한 곳이다. 완만한 구릉을 등지고 있기도 해서 시내 대부분의 장소에서는 푸른 바다가 내려다보인다. 바다가 보이는 그 거리에 몸을 두고 있으면서도 계속 바다와는 거리를 두고 있었다.

이곳에는 누가 뭐래도 산더미 같은 추억이 쌓여 있다.

그것은 눈부시게 빛나는, 그리고 잃어버린 날들의 추억이다.

잃어버린 것은 다시는 되돌릴 수 없다. 잊어버리는 것이 가장 좋고, 그렇게 할 수 없더라도 적어도 거리를 둬야 한다. 그렇게 생각했기 때문에 가까이 가지 않으려고 했다.

그 판단은 옳았다고, 실제로 이 자리에 서서 생각했다. 강렬한 바다 냄새. 잔잔한 파도 소리. 쨍한 아침 햇살이 담긴 수면. 먼 곳을 날아가는 이름 모를 새떼. 시선을 되돌리면 바닥에 깔린 하얀 돌바닥, 유영 금지라는 낡은 팻말과 금속 펜스, '이 앞에 레스토랑 있습니다'라는 간판과 그 위에 겹쳐진 패스트푸드점 전단지. 조금 먼 곳으로 눈을 돌리면 산책길 출구에 걸린 아치와 그 위에 내걸린 '밝은 거리 만들기' 선전 문구.

이른 아침이라는 시간 때문에 사람의 모습은 적다. 있는

것은 열심히 조깅하는 자와 개를 산책시키는 이웃 주민 정
도다.

이곳에 있는 것은 괴롭다.

모든 것이 너무나도 옛날 그대로 보이니까. 변해버린 것
은 자신뿐이라는 사실을 일깨우니까. 상실한 것들을 다시금
일깨우니까. 어떻게 해도 가슴이 무거워진다.

"……."

감사하다, 라고 생각했다.

소지가 지금 이곳에 있는 이유는 크게 두 가지다.

그중 하나가 이것이다. 바로 이 고통을 느끼고 싶었다.

어젯밤의 나는 알제논을 거부했다. 남이 말하는 '사랑' 따
위를 동경하여, 그것을 만지고 싶고, 직접 손에 넣고 싶어하
는 그 녀석을, 정면으로 완전히 부정했다. 무리하게, 폭력적
이라고도 할 수 있는 방식으로.

물론 다른 방법도 있었을 것이다. 잠시의 감정을 냉정하
게 부정하고 말로 타이를 수도 있었겠지. 상식대로 한다면
그랬어야 했을지도 모른다.

동시에 그것은 전혀 현실적이지 않은 이야기라고도 생각
했다.

어젯밤의 나는 그 시점에서 이미 절반 가까이 알제논을
받아들이고 말았으니까.

애초에 사람이 아니라든가. 그 육체는 사키미의 것이라든
가. 그런 모든 것들을 염두에 둔 상태에서, 알제논이라는 개

인을 향해 호의를 품고 있었다.

사람을 본떠 태어나, **사람**을 동경하고, **사람**을 배워가고, 그리고…… **사람**이 되기를 바랐다. 그런 건전한 괴물의 마음에, 보답해 주고 싶다는 생각을 하고 말았다.

이 녀석을 위해서 뭔가를 해 주고 싶다는 생각이 들고 말았다.

"……젠장."

바라지 마, 스스로에게 명했다.

원하지 마, 스스로를 억눌렀다.

이곳에서 추억에 시달리는 아픔이 자제력을 키워주었다.

누군가를 돕고 싶다거나, 지지하고 싶다거나, 그런 생각을 해서는 안 된다. 그것은 결국 아픔밖에 낳지 않았다. 그것을 끌어안는 것이 나 혼자라면 어떻게든 견딜 수 있다. 하지만 견딜 수 없는 자에게까지 같은 일을 강요하는 것은 반드시 잘못된 것이다.

그렇게 스스로를 타이르기 위해 이곳에 가득 찬 가시뿐인 추억에 더욱 깊이 젖어들었다. 그리운 길을 걷고, 그리운 자판기에서 커피를 사서, 그리운 벤치에 앉는다. 뚜껑을 따서 한 입을 목구멍으로 흘려 넣으려는데,

"어?"

등 뒤.

놀라운 것을 발견했다는 듯한 여자의 목소리가 들렸다.

──말도 안 돼.

입술을 깨물며 천천히 돌아보았다.

검은 중형견을 데리고 있는 여성이 한 명, 바로 거기 서 있었다.

"……소지, 선배?"

믿을 수 없다는 얼굴로 그 여자는 눈을 부릅떴다.

그리운 목소리와 그리운 얼굴이었다. 그로부터 5년이 지나 다소 인상은 바뀌었지만, 잘못 들을 수도, 잘못 볼 수도 없다.

5년 전 그 사건이 일어나기 전까지 에마 소지는 지극히 평범한 대학생이었다. 부모님이 있었고, 형이 있었고, 친구들이 있었고, 그리고 한 살 어린 연인이 있었다. 지금은 이미 잃어버린 시간 속이지만, 그럼에도 확실히 그런 사람들이 있었다.

"타카나시?"

기억 속에 있는 타카나시 모토코의 이름을 불렀다.

"역시 소지 선배, 맞구나."

우는 얼굴 같기도 하고 웃는 얼굴 같기도 한, 그런 복잡한 표정으로 그녀는 그렇게 말했다.

그 손에 잡혀 있던 리드줄이 조금 느슨해졌다.

"오랜만이——."

재회의 말을 꺼내려는 순간, 그 몸이 앞으로 크게 휘청였다.

타카나시가의 일원인 바이엘라인은 아주 기운 넘치고 호기심 많은 중형견이다. 견종은 저먼 핀셔, 좋아하는 것은 애견용 저키와 매일 아침 산책. 그리고 취미는 초면인 인간을 향해 온 힘을 다해 들이받기.

푹신푹신 푹신푹신.

그 자리의 모든 감상을 날려버릴 듯한 기세로 바이엘라인이 튀어나왔다. 눈앞의 인간을 밀어 넘어뜨리고 한술 더 떠소지의 얼굴을 온 힘을 다해 핥아댄다.

마시던 캔커피가 돌바닥 위에 내던져지며 씁쓸하던 내용물을 흩뿌렸다.

개가 진정되기까지 몇 분의 시간이 걸렸다.

소지는 벤치에 다시 앉았고, 그 옆에 타카나시 모토코가 앉았다.

"……."

어색하다.

5년 전 연인.

즉, 5년 전 이 데이트 코스에서 함께 지낸 장본인이다.

불시에 재회한 시점에서 이미 충분히 혼란스러웠다. 무슨 말을 해야 할지, 어떤 표정을 지어야 할지 아무것도 알 수 없었다. 그런 상황에서 이 바이엘라인이 난동을 부린 것이다. 머리가 완전히 새하얘지고 말았다.

참고로 바이엘라인은 '해냈군' 하는 듯한 만족스러운 얼굴로 두 사람의 발밑에 주저앉아 있었다.

"저, 저기."

모토코가 말문을 열었다.

"오랜만이야. 건강해 보이…… 지는 않지만 제대로 살아 있어서 안심했어."

아아, 그렇지.

그런 차원에서 걱정했던 거구나, 하고 생각했다.

그렇다. 5년 전 그 사건 이후 에마 소지는 아무에게도 말하지 않고 이사했고, 그때까지 살아왔던 드러난 사회에서 사라졌다. 죽음을 의심받아도 이상할 것이 없다.

"오랜만이네. ……으음."

소지는 여기서 말문이 막혔다.

사실 소지 쪽은 그 후 모토코의 상황에 대해 아주 조금 알고 있었다. 회복하고 다시 일어서서 살고 있다는 것 정도는 파악하고 있었다. 반대로 말하면 그 정도밖에 몰랐다는 말이기도 하지만.

그래서 이렇게 현재 본인의 모습을 보고 안심할 수 있었다.

그녀의 혈색이 좋았다. 기분 좋게 웃기도 한다.

그것이, 그 자체로 내게는 무척 기쁜 사실이라고.

그 사실을 어떻게든 전하기 위해 필사적으로 머리를 굴리고.

"……살쪘네?"

단어 선정을 성대하게 실패하고 말았다.

"선배, 진짜!"

진지하게 혼났다.

멍. 발밑에 있던 바이엘라인이 작게 짖었다.

(2)

시노기 코타로는 어느 정치인의 셋째 아들로 태어났다.

나름대로 요령이 좋은 편이라 웬만한 것은 고생하지 않고 달성할 수 있었다. 돈도 있었고 부모 이름만 대면 어지간한 문제는 무마할 수 있었다. 겉보기에 재미있어 보이는 일을 하기만 하면 친구도 얼마든지 다가왔다.

그런 삶을 살다 보면 당연하지만 인간은 쉽게 부패한다. 고등학교를 나왔을 무렵에는 어디에서 어떻게 봐도 훌륭할 정도로 '세상을 깔보는 불량아'가 완성되어 있었다.

세상이란 의외로 제대로 이루어져 있는 법이다. 불량아는 불량아에 걸맞은 보답이 찾아온다. 그때까지 당연하다는 듯이 남을 모함하던 그는 당연하다는 듯이 남에게 모함을 당했고, 많은 것들을 잃었다. 집에서 쫓겨나고, 친구라고 자처하던 모든 사람들에게 버려지고, 적에게 쫓기고, 떠돌이 개나 다름없는 신세가 되어 거리를 방황했다.

아아, 이제 다 틀렸다고. 밤의 골목에 쭈그려 앉아 죽음마저 각오하며 그렇게 생각했다. 기어이 마음이 망가진 것인지, 울음보다도 먼저 웃음이 나왔다. 그때까지 내가 지어왔던 것과 똑같은, 히죽거리는 미소가 멈추지 않았다.

그런 그의 앞에 한 남자가 나타났다.

코타로는 그 남자를 알고 있었다. 과거 자신이 재미 삼아 파멸시킨 상대 중 한 명이다. 그리고 그 남자도 코타로에 대해 알고 있을 것이다.

원망을 샀으니 무슨 짓을 당해도 싸다는 생각이 들었다. 하지만.

"도와주세요."

그는 눈앞의 남자에게 간청했다.

그럴 자격도 없거니와 들어줄 의리도 없다는 것을 알고 있었음에도. 방자함에도 한도가 있다고, 실로 **뻔뻔한** 요구라는 것을 이해하고 있었음에도. 그러지 않을 수 없었다.

남자는 잠시 표정 없는 얼굴로 그런 코타로의 모습을 바라보았다.

"이쪽."

그렇게 중얼거리듯 말하고 발길을 돌렸다.

"그럴 때를 대비해서 세이프하우스는 항상 준비해 두는 편이 좋아. 나도 최근에서야 알았지만, 유사시의 준비는 나중에 하려면 늦어."

예상 밖의 전개에 코타로는 몇 초 정도 멍하니 그 등을 바라보았다.

"안 올 거야?"

그런 질문을 받고 당황하여 달리기 시작했다.

그러고 나서 5년 정도── 계속 그 등을 바라보며 살아온 것 같다.

◇

발견된 것은 우연이었다.

두 사람이 어떻게 지내는지 보고 오기 위해 시노기 코타로는 평소의 세이프하우스로 향하고 있었다. 그리고 맨션입구에 서서 문득 머리 위를 올려다보았다.

옥상이 시야에 들어왔다.

그리고 거기에 보이지 말아야 할 것이, 보였다.

"……이봐, 이봐."

어째서, 하는 생각이 강하게 들었다. 잘못 본 것은 아닌지의심했다. 눈을 비비고 다시 확인했다. 그 모든 것이 헛수고로 돌아갔다.

"무슨 일이 있었던 거야, 에마 씨!"

거기에 없는 남자에게 덥석 의문의 말부터 던진 코타로는달리기 시작했다. 요즘 세상의 맨션은 대부분 옥상 출입이금지되어 있다. 여기도 예외는 아니다. 그러나 금지되어 있다는 것이 곧 길이 없다는 뜻은 아니다. 비상계단은 옥상까지 뻗어 있고, 철문은 어째서인지 잠겨 있지 않았다.

후욱.

문을 밀어젖힌 그 순간 정면으로 들이닥친 바람이 코타로의 앞머리를 사정없이 흐트러뜨렸다. 대량의 공기가 덮쳐와

반대로 숨이 막혔다.

반사적으로 눈을 감았다가 천천히 떴다.

그리고 그 광경을 보았다.

바람이 불고 있다.

순백의 햇살 아래 연갈색 머리가 부드럽게 흩날리고 있다.

무슨 영화의 한 장면 같다고 코타로는 생각했다.

그만큼 그 광경에는 현실성이 희박했다.

한여름의 햇살 아래 드러난 섬세한 얼음 세공 같은. 이 손으로 만지면, 아니 한순간이라도 눈을 돌리면 사라져 버리는 것이 아닐까, 하는 그런 망상이 절로 샘솟았다.

"……누군가 했더니, **코타로**구나."

여자가 이쪽을 알아차렸다.

바람에 휩싸인 채, 환상 같은 공기를 휘감은 채 가벼운 어조로 말을 걸어온다.

"무슨 일이야? 그런 당황한 얼굴로."

당연히 당황스럽지, 라고. 항의의 소리를 지를 뻔했다.

"출입 금지야, 여기는."

대신 상식적인 지적을 했다.

"그런가?"

"그렇다고. 봐, 떨어지면 위험하잖아."

알제논은 새삼스레 주위를 둘러보았다. 이 맨션의 면적과

거의 동일한 넓이의 살풍경한 공간. 청소의 손길이 거의 닿지 않은 것인지 모래 먼지인지 뭔지 알 수 없는 먼지가 얇게 쌓여 있다. 낙하 방지 펜스는 알제논의 허리보다 조금 위의 높이까지 세워져 있었다. 낡긴 했지만 튼튼해 보였다.

"쉽게 떨어지지 않도록 잘 갖춰져 있는 것 같은데."

그건, 물론 그렇지만.

"······그래도 떨어지려고 생각하면 떨어질 수 있으니까."

알제논은 잠시 생각하는 듯한 얼굴을 하더니, '아아' 하고 무언가 깨달은 듯한 소리를 냈다. 약간 어두워진 표정으로 펜스에서 거리를 둔다.

굉장하다, 라고 코타로는 생각했다.

사람의 죽음에는 불의의 사고로 인한 것만 존재하지 않는다. 오히려 눈앞에 어른거리는 죽음에 참을 수 없이 끌리는 사람도 있다. 그런 것을 말로 잘 설명하기는 어렵다고 생각했다. 그런데 그런 설명을 거의 듣지 않고도 그녀는 이야기의 핵심을 정확하게 파악했다.

며칠 전, 처음 이 〈생물〉을 만났을 때 품었던 인상은 순수한 작은 동물이었다.

눈부신 속도로 성장하고 있다는 느낌을 받기는 했다. 작은 동물은 하룻밤 사이에 어린아이처럼 변했고, 어린아이는 하룻밤 사이에 소녀처럼 변했고, 소녀 같던 것이 이제는.

······지금 자신의 눈앞에 있는 이것은, 도대체 무엇일까.

"저번에 **소지**는 이 건물에서는 나오지 말라고 했어. 그 명령을 어길 생각은 없었는데."

어딘지 모르게 불만이 담긴 어조로 그런 말을 하고 있다. 그 모습 자체는 며칠 전부터 거의 변함없는 모습이었지만,

"그런데 왜 이런 곳에 있는 거야."

코타로는 물었다.

"……보다시피. **사람**을 보고 있었어."

"여기에서?"

"잘 보여."

눈부신 듯 눈을 가늘게 뜬 알제논이 말했다.

"이렇게 봐도…… 정말 강인한 생물이야, **사람**이란."

그녀 이외의 다른 사람의 입에서 들었다면 과장된 말이라며 웃어 넘겼을 것이다. 남의 일처럼 말하지만 그러는 본인도 인간 아니냐며 지적할 수 있었을 것이다. 그러나 이 알제논은 코타로가 아는 한 현시점에서 세계에서 유일하게 인간을 외부적인 입장에서 평가할 수 있는 존재였다.

"뇌. 그리고 감정. 이런 건 반칙이야. 개인을 유지한 채로 이 정도로 거대한 무리를 만들어낼 수 있어. 어떤 괴물도 당해낼 수 없는, 무적의 **물결**을."

가득 벌린 손바닥을 거리를 향해 내민다.

그리고 움켜쥔다.

뭔가를 잡으려고 하는 것처럼 보였다. 그러나 실제로 그 손가락 안에 담기는 것은 허공뿐이다.

"그리고 그 강인함으로 인해 스스로 괴로워하기까지 해.

그 고통마저도 유리판 너머로는 눈부시게 보여."

쓸쓸히 말하며 움켜쥐고 있던 손가락을 푼다.

"……잘은 모르겠지만. 다시 말해 고민이 있다는 거야?"

"고민…… 이라…….."

눈을 감고 잠시 생각하더니, 다시 눈을 뜬다.

"그렇지. 어떻게 보면 그런 걸지도 몰라."

"고민이 있으면 상담해 줄게. 괜찮아, 나 이래 봬도 의외로 입이 무겁거든. 에마 씨에게 말할 수 없는 일이라면 비밀로 해 줄 테니까……."

여기까지 직접 말하고 난 뒤에야 코타로는 깨달았다.

알제논이 이런 장소에 있다, 그 일로 머리가 꽉 차 있던 탓에 깨닫는 것이 늦었다. 이 아이의 보호자인 에마 소지는 어디에 있을까.

"고민이라고 할지, 목적에 대한 방향이 잡히지 않는다고 할까, 이미 실패했다는 사실을 어떻게 받아들여야 할지 가 늠하기 어렵다고 할까."

"뭔가 복잡할 것 같은데?"

"복잡하다면 복잡할지도 모르지."

"그럼 그 얘기는 밑에서 하자. 여긴 주변이 너무 트였어, 혹시라도 적에게 들킬지도 모르니까."

발길을 돌려 계단을 향해 걸어 나가려던 그 등을 향해.

"소지를 유혹하려고 했어."

무릎에서 힘이 빠졌다.

털썩, 그 자리에 고꾸라졌다.

지저분한 바닥에 힘껏 무릎과 팔꿈치를 찧고 말았다.

"……………………어?"

입술이 움찔거리는 것을 자각하면서도 천천히 뒤돌아보
았다.

"으응?"

◇

이야기를 들었다.

어젯밤 알제논이 소지를 덮치려고 한 일, 그것을 거부한
소지가 격앙되어 방을 나갔다는 일.

흐어어어어어. 진짜? 진짜로?

"진짜야."

진지한 얼굴로 고개를 끄덕인다.

방관자적인 시점에도 말한다면 뭐, 딱히 놀랄 일은 아니
다. 여러 사정을 다 날려 버리고 상황만 보자면 젊은 남녀가
한 지붕 밑에 살고 있으니 그런 식의 전개가 일어나는 것 자
체는 자연스러운 흐름이라고 할 수도 있었다.

하지만.

"으음, 논짱 말이야, 그런 욕구나 본능 같은 게 있어?"

"성욕에 대한 이야기라면, 물론 지식은 있어."

"아니, 그게 아니라."

"**사키미**의 몸이 갖고 있는, 사람으로서의 충동도 모두 전해지고 있어. 식사를 원하기도 하고 졸리기도 해."

"아, 그러고 보니 자주 자고 있었지……."

508호실, 주인 없는 그 방에서 두 사람이 테이블을 사이에 두고 대화하고 있다.

"그래서…… 같이 사는 동안 더는 참지 못하고, 에마 씨 몸의 매력에 눈을 뜨고 말았다는 거야?"

"무슨 얘기지?"

순도 백 퍼센트, 불순물이 섞이지 않은 의문이 담겼다.

"그러니까, 그런 걸 하려고 한 거 아니야?"

"내가 갖고 싶었던 건 사랑이야."

"으음?"

어쩐지 알 수 없는 이야기가 되었다.

"여러 영화나 드라마를 봤어. 애정 이외의 이유로 남녀가 동거하는 이야기에서도 결국은 애정에 가까운 관계를 구축해 나가지. 그래야 시청자들도 알기 쉽고, 서로를 아끼는 이유를 확인할 수 있으니까. 사람이 사람을 위해 움직일 때, 거기에 사랑이라는 이유가 있다고 하는 편이 자연스럽잖아?"

"아…… 사랑이라, 그런…… 그렇구나……."

납득이 된 것도 같고, 그렇지 않은 것도 같았다.

"그것들은 지어낸 이야기다, 현실과는 다르다. 그렇게 정리해 버리는 건 간단해. 하지만 **사키미**가 아는 한, 사람이 사람의 행동을 표현할 때 가장 쉽게 말할 수 있는 충동은 실제로 애증이다. 그래서 나는 그걸 요구했어."

이 아이는.

작은 동물 같고, 어린아이 같고, 소녀 같고, 그 모든 것에서 동떨어진 무언가 같은 이 알제논은, 즉.

"나는, **소지**를 소중히 하고 싶어. **소지**에게 소중히 여겨지고 싶어."

여러모로 순서를 틀리긴 했지만,

순수하게, 정말로, 그 남자를 너무나도 좋아하는 것이다.

"이 몸은, **사키미**의 몸이야. 가만히 있어도 **소지**는 이 몸을 소중히 해줘. 하지만 그뿐이지. 모든 것이 끝나면 조용히 떨어져서, 다시는 **사키미**에게 다가가지도 않을 거야."

"그렇겠지."

그 생각은 아마 맞을 것이다.

에마 소지는 확실히 그런 인간이다.

"그게 싫어. 사랑을 키우면 그런 미래를 피할 수 있지 않을까 생각했어."

"그렇구나……."

이 아이는 분명 인간이 아니다. 그렇기에 논리를 열심히 생각하려고 하면 할수록 인간다운 말을 할 수 없게 된다.

바꿔 말하면, 그 정도로, 이 아이는, 필사적인 것이다.

최선을 다해, 그를 좋아하는 것이다. 결국은 그것이었다.

"미안해, 설명을 잘 못 하겠어."

"아니, 뭐, 응. 대강 알았어, 대강."

"그렇구나, 그건 다행……."

전조는 없었다.

그때까지 평범하게 얘기하던 알제논의 온몸에서 갑자기 힘이 빠졌다. 의자에 앉을 힘조차 없이 바닥으로 무너져 내렸다.

"어, 야?!"

의자를 박차고 일어났다.

테이블을 돌아가 안색을 들여다보고 열을 재고 맥을 확인했다.

"……잠깐, 이게 뭐야."

나흘 전, 처음 이 아이가 이 방으로 옮겨졌을 때 고열이 났다고 했다. 코타로 자신은 그 모습을 보진 않았지만, 같은 일이 또 일어나고 있는 것은 아닐까, 그것을 먼저 의심했다.

하지만 아니다.

아마추어가 보기에도 한눈에 알 수 있었다. 체온이 너무 낮고, 맥이 너무 약하다. 그리고 화장으로 속이고 있었다는 것을 이제야 깨달았다. 안색이 너무 창백했다.

"어떻게 된 거야?"

"걱정할 필요 없어. **사키미**는 무사해."

"아니, 그 사키미의 몸이 실제로 이렇게……."

말하는 와중에 알아차렸다.

알제논은 확실히 약해졌다. 그런데도 그 육체의 본래 주인인 사나쿠라 사키미는 무사하다고 한다. 이것은 모순된 것 같으면서 그렇지 않다.

"제한 시간이 얼마 안 남았어."

하나로 되어 있던 것이 둘로 돌아가기만 하면. 공생의 시간이 끝나 버리기만 하면. 두 사람의 운명은 각자 다른 곳으로 돌아갈 것이다.

"왜, 이렇게 빨리."

신음하는 코타로에게 알제논은 모호하게 미소 지었다.

"부탁이야. **소지**에게는, 말하지 말아줘."

"……그걸로, 괜찮아? 논짱은."

"물론."

그렇게 티 없는 표정으로 고개를 끄덕이니 더는 아무 말도 할 수 없었다.

아니,

"초조해할 필요는…… 없다고 생각해."

고민이 있다면 상담을 해 주겠다고 방금 말했다.

아무 생각 없이 그럴싸한 말을 늘어놓았을 뿐이다. 하지만 이렇게 큰 고민을 눈앞에 둔 이상, 마주하는 것이 도리라는 생각도 들었다.

"사랑이니 유대니 하는 건 원래 시간을 들여서 키워나가는 거야. 한 방향이 아닌 서로를 향한 것이라면 더더욱. 물론 초속으로 거둬들일 수 있는 패턴도 세상에는 있겠지만,

너희 둘 다 그런 타입은 아니니까."

잔인한 말을 하고 있다는 자각은 있다.

그래도 조언자 입장에서 도망치는 것보다는 나을 것이다.
그렇게 스스로를 타일렀다.

"천천히 쌓아가는 시간을, 그 자체를 소중히 하는 편이 좋
아. 최종적으로 원하는 형태의 애정에 도달하지 못하더라
도, 거기로 향해 가는 1분 1초를…… 말야."

"그런가."

알제논이 고개를 끄덕였다.

"아직 기회가 있다면 다음에는 그렇게 해볼게. 조언 고
마워."

끝까지 올곧게. 말을 받아들였다.

아아, 이건 틀렸네.

한숨이 나오려는 심정으로 코타로는 천장을 올려다보았다.

이 둘은 안 된다.

더는 본인들만으로는 어쩔 수 없는 막다른 골목에 빠져들
고 말았다.

◇

"……."

세이프하우스를 나왔다.

맨션도 나왔다.

"이 수단은 쓰고 싶지 않았는데."

스마트폰을 꺼내 주소록에서 하나의 번호를 호출한다.

신호음이 여섯 번 울린 후 통화가 연결되었다.

"아…… 나카타? 나야, 나. 아니, 사기가 아니라. 진짜 나라고."

걸으면서 말을 꺼낸다.

밝고 가벼운 어조로.

그리고 전혀 그와 어울리지 않는 진지한 표정으로.

"응, 맞아. 어제 했던 얘기 말인데, 역시 진행했으면 해서. 응, 뭐 그렇지. 무슨 소리야, 함정 같은 걸 파서 내가 무슨 이득이 있다고. 괜찮아, 괜찮아. 타이타닉에 올라탄 기분으로 있어줘."

(3)

아침 산책이라고 부르기에는 지나치게 긴 시간이 흘렀다.

별 의미 없는 잡담이 이어졌다.

메인 화제는 공통된 친구들의 그 후에 관한 것이었다. 몇 몇은 소지가 없어지면서 잠적했고 모토코와도 교제가 끊어졌다. 그러나 다른 몇몇은 비슷한 일이 반복되게 하지 않겠다며 마음을 다잡고 사법이나 IT 쪽으로 인생을 전환했다고 한다.

"……그렇구나."

여느 때처럼 이들이 무사히 살아있다는 사실만은 조사해 뒀다. 그러나 그 후의 인생에 대해서는 보지 않으려고 했다. 그러니 그 모든 것이 처음 듣는 이야기였다.

"그리고 말이지. 작은 보고랄까."

수줍어하면서 모토코가 말했다.

"소지 선배는 모를 후배한테 얼마 전 프로포즈를 받았어."

작게 브이 사인을 보여주었다.

"호오. 받을 거야?"

"음, 현재로서는 긍정적으로 검토 중이랄까."

스스로 놀랄 만큼 소지의 마음은 흔들리지 않았다. 그것 참 경사스러운 소식이라며 순수하게 축복하는 마음마저 생겨났다.

"엄청 섬세한 아이라 내가 지켜주지 않으면 망가질 것 같거든."

"뭐야, 그런 남자가 취향이었어?"

"아니, 전혀. 하지만 아마 나한테는 그런 남자 쪽이 더 좋지 않을까 하고."

아무렇지도 않은 투로 무거운 말을 입에 담는다.

"나 말이지, 매일 아침 여기를 걸어. 바이엘라인이랑 같이. 이런저런 생각들이 들긴 하지만 그만큼 소중한 추억도 있는 곳이니까. 그리고 혹시나 하는 마음도 있었고."

혹시나 하는 마음이란 무엇인가.

말하지 않아도 알 수 있었다. 어쩌면 똑같이 추억을 더듬고 있던 누군가와 마주칠지도 모른다는 것을 말하는 것이다.

소지에게 이 재회는 기적적인 우연이었다. 스스로를 벌할 생각으로 우연히 찾아간 곳에서 우연히 아는 얼굴과 마주쳤다. 그뿐인 일이다. 하지만 아무래도 그녀에게는 그렇지 않았던 모양이다. 기대를 담은 반복 속에서, 드디어 오늘 당첨을 뽑은 것이다.

강한 여자구나, 라고 다시금 생각했다.

강하기 때문에, 무너지기 쉬웠다.

"소지 선배는."

거기서 크흠, 하는 헛기침 한 번.

"에마 선배는 말야, 지금 누군가 있어?"

갑자기 무슨 소리야, 라고는 물을 수 없었다. 뻔했으니까.

그리고 뻔한 질문을 했다는 것을 아마 그녀 역시 알고 있을 것이다. 5년의 공백으로 각자의 삶 자체가 크게 달라졌다고는 해도, 아직 그 정도로는 서로에 대해 이해하고 있었다.

"선배한테는, 손이 많이 가는 애가 잘 어울릴 것 같아."

어딘가 기쁜 듯, 즐거운 듯, 그리고 아주 조금 쓸쓸한 듯 모토코가 말했다.

"선배는 자신만의 일이라면 한도 끝도 없이 참기만 할 테니까. 위험한 애가 옆에 있어야 안정된다고 해야 하나? 자꾸만 의존해 오는 어리광 부리는 타입이 더 잘 어울린다고 생각해. 경험자로서. 어때?"

어떻고 말고 할 것도 없다.

"그럴 만한 상대는 없어."

"그래애?"

재미없다는 듯 모토코는 입술을 삐죽 내밀었다.

"그럼 만약에 누군가를 찾게 된 뒤라도 상관없어. 그때는 그 사람을 소중히 해줘."

발밑에 있던 바이엘라인이 커다란 하품을 한 번. 그리고는 '슬슬 걷고 싶다'라는 듯이 일어나 몸을 떨었다.

◇

그 사람을 소중히, 라.

사실상 그런 말을 들어도 곤란했다.

나는 알제논을 못 본 척 외면하고 싶었다.

해안가까지 발길을 돌린 목적의 절반은 그것이었다.

흐트러진 마음을 정리하기 위해서가 아니다. 내 마음을 더 엉망진창으로 만들어서 쓸데없는 생각을 하지 않게 만들고 싶었다. 그 목적은 예상치 못한 형태로 달성됐다. 현시점에서 에마 소지의 속은 확실하게 엉망진창이었다.

제대로 된 생각을 할 수 있을 것 같지 않다.

잠시 동안 걸었다.

빛이 있는 곳에는 그림자가 있다, 라는 건 아니지만. 햇살이 눈부신 해안가에서 조금만 벗어나면 그만큼 짙은 그림자가 드리워진 거리가 펼쳐진다. 구체적으로 말하면, 손님이 주로 모이는 메인 거리에서 불과 몇 미터만 떨어지면 그곳은 사람들이 거의 오가지 않는 뒷골목이다.

인적 없는 작은 흡연소를 발견하고 잠시 들렀다.

그렇다고 담배를 피우는 것은 아니다. 부자연스럽지 않게 멈춰설 곳을 찾다가 우연히 눈에 들어온 것이 그곳이었을 뿐이다. 그래서 걸음을 멈추고 난 뒤 십수 초 동안 특별히 할 만한 일은 없었다. 스마트폰을 꺼내들고 별 이유 없이 인터넷 뉴스를 띄워 바라보았다.

어수선한 발소리가 다가왔다.

소지는 고개를 들었다. 딱 보기에도 품행이 거칠어 보이는 젊은이가 세 명, 몇 걸음 떨어진 곳에서 이쪽을 보고 있었다. 그중 한 명은 스마트폰을 귀에 대고 있다. 아무래도 누군가와 통화하고 있는 듯했다.

"왜 그러지?"

소지가 말을 걸었다.

"음, 거긴 흡연실 밖이야. 피울 생각이라면 좀 더 이쪽으로 와."

가벼운 말을 건넸지만 대답은 없다. 세 사람의 눈은 위협만을 목적으로 한 사람처럼 한결같이 이쪽을 향하고 있다.

"어…… 정말요?"

스마트폰을 든 남자가 돌연 놀란 목소리를 냈다.

"네…… 아, 알겠습니다, 물론이죠……."

겁먹은 듯 회선 너머로 고개를 숙이더니 다시 이쪽으로 돌아서서 다가온다. 흐음, 하고 소지는 생각했다.

"바꿔달래."

남자가 스마트폰을 내밀어왔다.

어깨를 으쓱한 소지가 그것을 받아들였다.

『여어, 샌님 양반. 아마 초면인 것 같은데, 자기소개가 필요한가?』

흥겨운 중년 남자의 목소리가 미끄러지듯 흘러나왔다.

"……농담도 싫어하진 않지만, 시간 낭비를 좋아하진 않지. 설마 당신이랑 직접 얘기하게될 줄은 몰랐어, **고토 씨**."

『좋아, 좋아, 꽤 센스 있는 답변이군.』

무릎을 탁탁 치는 소리가 들려왔다.

『내 주위엔 이런 토크에 위트 있게 어울려 주는 놈들이 없단 말이지. 야아, 진짜로 기쁜데. 다음에 같이 술이나 한잔할까?』

"꽤 매력적인 초대네. 하지만 말했잖아, 시간 낭비는 좋아하지 않는다고. 용건을 말해."

『매정하군.』

흐음, 하고 고토가 콧바람을 냈다.

『그쪽 용건은 괜찮은 건가? 아침부터 일부러 우리 쪽 애들을 **낚았잖아**. 할 말이 있는 거겠지?』

"상황이 생각보다 복잡해진 것 같아서 한번 직접 얘기하고 싶었을 뿐이야. 네 목적을 들을 수 있다면 그것만으로 충분히 감사한 일이지."

솔직히 말했다.

전화 너머로 흐음, 하는 무심한 반응이 들려왔다.

『그럼, 이쪽 용건을 말하지. 〈생쥐〉를 내놔라.』

"음?"

소지가 눈썹을 치켜올렸다.

그 요구는 상정하고 있던 것과는 조금 달랐다.

"……그 〈생쥐〉라는 건 〈콜 와다에〉 세포를 말하는 건가?"

『아아, 그거. 콜 뭐시기라고 하는 거창한 맥거핀 말야.』

"나랑 사키미를 쫓고 있던 거 아닌가? 연구동 데이터를 유출시키면 안 되니까. 그런데 왜 내가 현물을 가지고 있다는 이야기가 된 거지?"

『뭐, 여러모로 사정이 달라졌어. 네 신병은 우선순위가 떨어졌다. 물건을 내밀면 놔줄 거고, 뭣하면 돈도 줄 수 있어.』

소지는 잠시 생각하고 이를 악물었다.

"지금 '네 신병은'이라고 말했지. 대상은 나 하나인가?"

『그렇지.』

"사키미는 놔줄 생각이 없는 거군."

『그렇게 되겠지.』

"어디까지 알고 있지?"

『적어도 거기까지는 파악하고 있어.』

아아, 그렇게 된 거군.

고토는 엉뚱한 사내지만 바보는 아니다. 말장난처럼 들리는 그 말의 끝자락에서 상대의 정도를 시험하고 있다. 이 대화 속에서 상대가 무엇을 읽고, 무엇을 생각하고, 무엇을 내밀어 오는지, 그 모든 것을 분석하고 있다.

'사키미 안에 〈콜 와다에〉가 뿌리내렸다는 걸 이 녀석은 알고 있어. 지금의 사키미는 연구에 난항을 겪고 있던 〈콜 와다에〉의 중요한 인체 실험 샘플이다. 그리고 이전의 연구 데이터 처리보다도 그런 그녀의 신병을 요구하고 있다는 건⋯⋯.'

고용주를 배신했다.

소지는 그런 결론에 이르렀다.

본래 그 연구동이 불태워진 이유는 수수께끼의 육편〈콜 와다에〉의 연구가 결실을 맺으면 곤란한 사람이 사내에 있었기 때문이다. 그런 이기적인 사내 항쟁이 불을 일으켰고, 사키미의 아버지를 포함한 많은 이들의 목숨을 앗아갔다.

그 실행범이 손바닥 뒤집듯 위치를 바꿨다.

『그러고 보니 봤어, 아까 그 여자. 전 여친이라고? 보통 내기가 아니네.』

소지의 뇌리에서 뜨거운 불꽃이 튀었다.

『그래, 세상의 추악한 이면 따위는 보여주지 않고 행복하게 살게 해 주고 싶지?』

"**이벤트** 밖의 인간에게 손대는 건 당신의 취미가 아니라고 생각했는데."

『에이, 이건 그냥 잡담이야. 딱히 위협하려는 의도는 없어. 다만 어디까지가 이벤트고 누가 관계자인지, 판단하는 건 과연 누굴까.』

아아, 젠장.

예상했던 것보다 훨씬 더 악랄한 방식이었다.

『뭐, 내 말은 그런 거야. 지금 당장 결정하라고는 안 해. 곰곰이 생각해 보고 결정해. 어디 보자…….』

무언가를 생각하듯 잠시 틈을 두더니,

『……해가 질 때까지만 답장을 줘. 그 정도까지는 기다려 주지.』

(4)

목적했던 대로 상황은 움직였다.

고토의 부하를 찾아 현황에 대한 자세한 정보를 끌어내려 했다. 여기에는 성공했다. 고토와 직접 대화할 수 있었던 것은 기대 밖의 성과라 해도 좋았다.

그러나 그 외에는 예상 밖이었다.

일방적으로 이곳을 사냥하기만 하면 그만인 고토가 협상을 제안해 왔다. 협력을 요청해 왔다. 이를 위한 카드로 옛 지인인 타카나시 모토코를 들고 나왔다. 이젠 예전처럼 도

243

망치겠다는 수단마저 막혀버렸다.

상황은 움직이기 시작했다. 더는 멈추지 않는다. 그리고 떨어지지 않으려면 더욱 가속해야 한다.

몇 안 되는 미행이 붙어 있기에 일단은 따돌려두었다.

세이프하우스로 돌아왔다.

'……젠장.'

문 앞.

헤어질 때 봤던 알제논의 얼굴이 떠올랐다. 인간다운 감정 표현에 서투를 것 같던 녀석이, 그럼에도 분명하게 내비친 절망과 후회의 표정.

그때의 나 자신은 어떤 얼굴을 하고 있었을까. 기억나지 않는다.

그리고 지금, 내가 어떤 얼굴을 해야 하는지도. 짐작조차 할 수 없었다.

하지만 언제까지나 여기 이렇게 서 있을 수는 없었다. 망설임을 떨쳐내고 문을 열었다.

바람이——.

창문이 활짝 열려 있었는지, 문이 열리면서 공기가 통하는 길이 생겼다. 서늘한 공기가 마치 덩어리처럼 소지의 앞머리를 어지럽히고, 이어서 등 뒤로 빠져 나간다.

새하얀 테이블이 있다.

그 위에 어항이 놓여 있다. 두 마리의 금붕어가 둥실둥실 헤엄치고 있다.

그리고 테이블에 엎드린 채 한 여자가 잠들어 있다. 바람에 말려 올라간 연갈색 머리가 금붕어 꼬리의 지느러미처럼 천천히 그 등으로 내려간다.

"……음."

눈을 뜬다.

멍하니 고개를 들고 이쪽을 본다. 눈의 초점이 돌아온다.

"……**소지**."

"뭘, 하는 거야?"

무심코 그렇게 묻고 있었다.

"아, 이 애들을 보고 있었어."

시선이 어항 속으로 옮겨간다.

"행복하게 수영하는구나, 유리 어항 안에서 우리는 어떻게 보이고 있을까. 뭐, 그런 생각을 하고 있었어."

"철학적이네."

"그렇게 거창한 건 아니야. 단순한 실감과 공감과…… 질투, 일까."

가볍게 기지개를 켠다.

"아……, 벌써 점심이네. 식사는 어떻게 할까? 이미 하고 왔어? 아직이라면 뭔가 만들까 하는데."

말하면서 몸을 일으킨다.

역광 때문일까, 아니면 움직임 때문일까. 그 모습이 빛에 녹아 사라져 버릴 것 같아 소지는 자신의 눈을 가볍게 문질렀다. 물론 그런 것들은 그저 착각일 뿐, 눈을 다시 떴을 때는 여느 때와 다름없는 알제논이 앞치마를 들고 주방으로 향하고 있었다.

하고 싶은 말도, 묻고 싶은 말도 얼마든지 있을 텐데. 지금은 그것들을 삼키는 것을 택했다. 그리고 아마 알제논 또한 같은 생각을 하고 있을 것이다.

이번에도 계란프라이다.

그리고 빵이랑 샐러드. 이틀 전에도 봤던 메뉴다.

다른 점이 있다. 이번에는 처음부터 테이블 위에 여러 가지 토핑이 준비되어 있었다. 소금, 후추, 간장, 케첩, 마요네즈, 혼합 된장, 폰즈, 그리고 어째서인지 휘핑크림 같은 것까지.

심지어 메모지와 볼펜까지 준비되어 있다.

"여러 가지로 시도해 보고 싶어."

라는 것이 알제논의 변.

"내가 나로 있는 시간 동안, 좋아하는 것을 찾는 일을 하면서 보내고 싶어."

"그래……."

딱히 몸에 해로운 것도 아니다. 좋을 대로 하게 두면 그만이다.

흰자 끝에 조금씩 여러 가지를 얹어 맛을 바꾸고 입으로 옮긴다. 그럴 때마다 메모에 뭔가 적어 넣는다.

그런 사소한 작업을 계속하는 알제논을 멍하니 바라보았다.

"소지?"

"아, 아니."

정신을 차리고 자신의 접시에 손을 댔다.

모처럼이니 계란에 후추를 약간 뿌렸다.

빵은 아직 덜 구워졌고 계란프라이는 조금 탔다. 하지만 지난번에 비하면 조금은 능숙해졌다. 이대로 간다면 다음에는 더 이상 실패하지 않을 것이다.

"으음……."

알제논이 묘하게 진지한 분위기를 내며 생각에 잠겨 있다. 된장과 폰즈의 조합에 마음이 동하는 무언가가 있는 것 같았다. 심각한 얼굴로 우물우물거린다.

"말해두고 싶은 게 있어."

먹으면서 알제논이 말했다.

"말하자면, 나는 너희들이 정말 좋아."

"……뭐?"

"사키미도, 소지도."

뜬금없이 무슨 말을 꺼내는 것인가.

아니, 뜬금없는 것이 아니다. 알제논은 확실히 그것을 계속해서 호소해 왔다. 말로 표현할 방법을 모른 채. 어설프고 서투르게, 태로도만 내비치면서.

"그 일이, 아주 기뻐. 왜냐하면 그렇잖아. 누군가에게 호감을 품을 수 있다. 이건 제대로 된 마음을 가진 자의 특권이야. 나에겐 마음이 있어. 이것 자체가 착각일지도 모르고, 망상일지도 몰라. 하지만 그렇게 믿을 수 있다는 것만으로 나는——."

행복하다, 라고. 알제논은 말했다.

"……그런가."

적당한 말을 찾지 못해 시큰둥하게 맞장구칠 수밖에 없었다.

"그런 거지."

기쁜 얼굴로 알제논은 고개를 끄덕였다.

식사를 마친 후에도.

"내 멋대로인 꿈을 꿨어."

"그래."

사이좋게, 꿈을 꾸듯 말을 나눴다.

"만약 내가 정당하게 **사람**의 아이로 태어났다면 무엇을 얻었을까 생각했어. 그건 지금부터라도 잡아서 얻을 수 있는 것이 아닌가, 라는 상상을 했어."

"그래."

"그리고 실제로 손을 뻗었어. 용서받을 일이 아니라는 걸 알고 있었는데도."

"그래."

뽀글, 어항 안에 작은 거품이 떠올랐다.

그걸 둘이서 지켜본다.

"손을 뻗을 마음만 있다면 얻을 수 있는 게 또 있겠지."

"그래."

"보증은 없어. 그래도 찾아볼 가치는 있지 않을까?"

"그래…… 응, 그럴지도 모르겠네."

소지가 내뱉는 적당한 말을 알제논은 소중하게 담아나갔다.

언제까지나 그렇게 있을 수는 없었다.

소지는 일어나서 옷장에서 꺼낸 겉옷을 걸쳤다. 언뜻 보면 시판되는 양산품이지만, 안쪽에는 방검 성능이 뛰어난 섬유로 되어 있다. 현시점에서 할 수 있는 최대한의 무장이었다. 가능하다면 좀 더 다양하게 준비해두고 싶지만, 평소의 조달 루트를 사용할 수 없는 도망 생활 중에는 그럴 수도 없었다.

"가는 건가?"

그 등을 향해 알제논이 물었다.

"그래, 갈 거야."

소지는 그렇게 대답했다.

"어디 가는지는 묻지 않는 게 좋을까?"

"그렇지. 물어봐도 대답할 수 없으니까."

싸우러 가는 거다, 라니.

스스로도 어울리지 않는다고 생각했다. 질 나쁜 농담이다. 진지한 얼굴로 말할 자신이 없다.

그래서 그 대신.

"난 네게서 사키미를 되찾겠다고 선언했어."

"응? ……응, 그렇지."

"네가 그곳을 나갈 때는 다음 몸을 찾는 걸 도와주겠다고도 약속했고."

"아아, 그건…….'

"그러니까, 알겠어?"

숨을 들이마시고,

"멋대로 사라지지 마."

일방적인 요구를 들이밀었다.

"남은 시간이라든가, 추격자라든가, 그런 걸 처리하는 건 내 몫이야. 내가 처리할게. 그러니까 넌 아무 걱정 안 해도 돼. 여기서 코미디 영화나 보면서 시간이나 때워."

뒤돌아보지 않고 방을 나와 등 뒤로 문을 닫았다.

그리고 그대로 몇 초 동안 움직이지 못했다.

햇볕에 그을린 대지가 뜨겁다.

그것에 달궈진 대기가 후끈하다.

사정없이 계속 울어대는 매미가 거슬렸다. 그리고——.

"가 볼까."

해가 질 때까지 기다려 주겠다고 고토는 말했다. 아무리 길어도 시간은 그때까지밖에 남아 있지 않다. 해야 할 일은 많다. 고토에게 대항할 방법을, 녀석에게서 많은 것을 지킬 수단을 만들어 내야 했다.

거기에 더해 자신이 생환해야 한다면, 무사히 이 방에 돌아와야 한다면. 그런 사치까지 바란다면 생각만 해도 아찔할 정도로 난이도가 올라간다.

하지만 불가능하다고도 생각하지 않았다. 에마 소지는 자체 평가가 높은 편은 아니지만, 그래도 객관적으로 그렇게 판단했다. 그러니까.

'할 수 있는 만큼 해 주겠어.'

그렇게 스스로를 타이르며 걷기 시작했다.

문이 닫혔다.

소지의 기척이 멀어졌다.

방 안에 혼자 남겨졌다.

"후…… 후후……."

알제논이 작게 웃었다.

"멋대로 사라지지 마, 라고……."

중얼거렸다.

그 순간 이미 한계였다.

바닥 위로 무너져 내렸다.

더는 여기서 일어날 수도 없다.

알제논의 의식과 사나쿠라 사키미의 육체의 연결고리가

끊어지려 하고 있었다. 이 몸을 알제논이 움직일 수 있는 시간이 다 되어 가고 있었다.

"된장은…… 의외로 나쁘지 않았어……."

바닥에 엎드린 채 힘없이 미소 지었다.

사람처럼 뭔가를 좋아한다고 생각할 수 있었다. 사람처럼 좋아할 수 있는 것을 끝까지 계속 늘려갈 수 있었다. 자신이 원하는 삶의 방식을 끝까지 관철할 수 있었다. 그것을 행복이라고 한다면 만족은 할 수 있을 것 같았다.

욕심을 말하자면, 소지에게 애정을 받아보고도 싶었지만…… 알고 있다. 그건 불가능하다. 그와 자신의 이야기엔 그런 전개는 벌어지지 않고 끝난다. 평범한 이야기라면 끝난 뒤 미래에 더 가능성이 남아 있을지도 모른다. 하지만 자신들의 경우에는 그런 것조차 없다.

"……오래 기다렸지, **사키미**. 오랜 시간 빌렸던 걸, 지금 돌려줄게……."

중얼거리며 볼펜을 집어들었다.

(5)

산업스파이라는 말이 있다.

그 자체는 직업이 아니라 모종의 행동군을 나타내는 말이다. 다시 말하면 적대 조직에게는 피해로 이어질 수 있고 자신들에겐 이익으로 이어질 수 있는 이면의 작업을 모두 총

괄해서 그렇게 부른다.

그래서 소지 자신은 본인을 스파이라고는 생각하지 않았다. 스파이 활동에 필요한 몇 가지 기술을 갖추고 있고 실제로도 그런 일을 맡을 수도 있는, 딱 그뿐인 민간인이라고 생각했다.

민간인이기 때문에 그렇게 화려하게 싸울 수는 없다. 할수 있는 것은 수수하고 확실하게, 하나씩 정보의 실타래를 찾아 나가는 것 정도다.

"……본래 고토의 배후에 있던 건 야즈노의 전무파다."

주어진 시간은 적고, 사용할 수 있는 인원도 자기 자신뿐. 그렇다면 사용할 수 있는 전술은 한정된다.

그중에서도 대표적인 것이라면 역시나 전자 약탈.

들고 나온 노트북을 공원의 공공 와이파이에 연결했다. 근처에서 같은 Wi-Fi를 사용하고 있는 스마트폰을 몇 대 끌어들여 위장 액세스의 발판으로 삼았다. 이건 말하자면 나쁜 짓을 벌이기 전에 붐비는 사람 속에 숨어드는 방식. 훌륭하지도 않고 품위도 없지만, 시간에 맞추기 위한 위장이라면 이것만으로 충분하다.

요즘 시대에 효과적인 전자 보안을 갖추고 있는 일본 기업은 그리 많지 않다. 예산을 아끼거나, 뭘 어떻게 하면 몸을 지킬 수 있는지도 모른 채 무방비 상태로 있거나. 이 둘중 하나인 경우가 대부분이다.

그리고 아무래도 야즈노도 예외는 아닌 듯했다.

'뭐…… 보안 강화보다도 대항 파벌의 발목을 잡는 쪽을 선택하겠다는 신조였으니…….'

일의 발단, 그 연구동에 자신이 호출되었을 때의 일을 떠올리면서.

외근 직원 중 한 명이 커피숍에서 사내 네트워크에 접속해 메일을 체크하고 있는 것을 발견했다. 그런 그가 로그아웃하려는 순간 접근 권한을 빼앗는다. 그 순간부터 소지의 수중 노트북은 영업3과 주임 보좌 토고 타로의 가면을 쓰고 네트워크 속을 자유롭게 유영하기 시작했다.

고전적인, 그야말로 인터넷 탄생 이전부터 있었던 위장 잠입 기법.

한 번 안에 들어가기만 하면 모든 것은 손바닥 위. 토고 아무개의 권한으로는 들어갈 수 없는 장소도 안쪽에서 다른 누군가의 가면을 빌리면 문제없이 볼 수 있다. 부정 엑세스 예방을 거의 해두지 않은 이 장소라면 자유롭게 모든 것을 열람할 수 있다.

"……직접적인 의뢰주는 페이퍼 회사를 통하고 있었다. 하지만 배후에는 확실히 소네다 전무 본인이 있었다. 사내의 권력 다툼을 위해 대항 세력의 차기 주무기가 될 예정이었던 〈콜 와다에〉의 연구를 방해했다. 이것이 성사되면 해외의 대형 제약 회사와의 제휴가 결정되기 직전이던 전무파의 적은 더 이상 없을 예정이었다."

여기까지는 대체로 이미 파악한 내용이었다.

원하는 것은, 그 뒤의 정보다.

"……배신한 것은 이 해외 대형 제약사. 전무파가 무너뜨린 〈콜 와다에〉를 어딘가에서 찾아내 제휴 상대를 따돌리고, 자신들 것으로 만들 수 없을까 고민했다. 그를 위해 고토를 백했다, 그리고……."

그래, 여기서부터다.

"……에피존 유니버설사 매니저 노면 골드버그."

하나의 이름을 찾았다.

좋아.

입매가 살짝 일그러졌다.

고토와 정면으로 부딪힐 생각은 없다.

주먹다짐은 성미에 맞지 않는다. 총격전도 마찬가지다. 그보다 애초에 총 같은 건 갖고 있지도 않다. 인원수는 압도적이고 적의 구성도 파악되지 않았다. 설령 오늘을 잘 넘긴다 하더라도 그들을 완전히 적으로 돌리게 되면 내일부터 멀쩡히 살아갈 수 없을 것이다.

그러니까 그렇게 싸우지는 않는다.

대신 배후를 노린다. 아무리 비상식적인 패거리라도 고토 일행은 의뢰를 받아 일을 하는 영리 단체다. 그 의뢰 자체를 취하시킬 수 있다면 이 성가신 상황을 모두 뿌리째 백지화할 수 있다.

하늘을 올려다보았다.

해질녘이 다가오고 있다.

제한 시간은 저 태양이 질 때까지.

아직 조금 더 시간은 남았다.

이제 조금밖에 시간이 남지 않았다.

떠오른 것은, 조금 탄 계란프라이를 잘게 자르는 알제논의 모습. 마음에 드는 토핑을 찾고 있다고 했다. 그렇다면 그렇게 하게 놔두기로 했다. 조사라는 것은 일반적으로 시행 횟수를 거듭해서 하는 것이다. 내일도, 모레도 마음이 풀릴 때까지 반복해야 한다. 그러니 그것을 위해.

──괜찮다. 할 수 있어. 반드시 맞춰라.

스스로를 타일렀다.

◇

해 질 녘이 다가오고 있다.

세 남자가 하얀 밴에서 내렸다.

공통점으로는 그다지 성실해 보이지 않는 젊은이라고 할까. 특별히 눈에 띄는 외모를 가진 것은 아니다. 그럼에도 숨길 수 없는 흉흉한 분위기가 감돌고 있다.

맨션으로 들어갔다. 공용 입구에는 자물쇠가 잠겨 있지 않다. 엘리베이터를 타고 위층으로.

"분명 사기야. 거기서 킹이 두 장 겹친다니 아무리 생각해도 말이 안 된다고. 확률적으로 이상하다니까, 확률적으로."

야구 모자를 쓴 남자가 입술을 삐죽 내밀고 투덜거렸다.

"시끄러워. 험담은 나중에 들어줄 테니까 지금은 조용히 일이나 해."

알로하 셔츠를 입은 사내가 짜증을 숨기지 않고 질책했다.

"험담이 아니라 정당한 항의야."

"됐으니까 조용히 하라고."

엘리베이터에서 내린다.

주변에 거주자의 모습이 없는 것을 확인하고 움직이기 시작했다. 508호실 문 앞으로.

야구 모자가 자물쇠 앞으로 몸을 숙여 밖에서 풀 수 없는지 확인했다. 문에 달린 우편함 위치는 낮고 문과 벽 사이에는 문틈 가드가 끼워져 있다. 섬턴 방식으로는 잠금을 풀기 힘든 상황에 남자가 눈살을 찌푸렸다.

또 한 명의 선글라스를 낀 남자가 그 어깨를 툭툭 치며 열쇠를 눈앞에서 달랑거렸다.

"있으면 먼저 말했어야지! 쓸데없는 일이 늘어날 뻔했잖아!"

"소리 지르지 마, 멍청아!"

두 사람을 신경 쓰지 않고 열쇠를 든 남자가 앞으로 나섰다. 자물쇠를 풀고 손잡이에 손을 댄다.

전원이 입을 다물었다.

"……."

천천히 문을 연다.

한 명씩 방 안으로 들어간다.

선두의 남자가 코를 킁킁거렸다.

"뭐야, 이 냄새⋯⋯."

"말하지 말라고 했잖아!"

그렇게 넓은 방은 아니다. 답은 금방 찾을 수 있었다.

소파 뒤편에 피 웅덩이가 있었다.

그리고 그 위에 한 여자가 쓰러져 있었다.

"무슨⋯⋯."

"말도 안 돼⋯⋯."

상황에 압도당한 듯 남자 중 두 명이 반걸음 정도 물러났
다. 그것을 밀어내듯이 세 번째 남자가 앞으로 나섰다. 피
웅덩이를 밟고 몸을 숙여 여자의 목에 손가락을 댔다. 대충
몸을 둘러보고 상처를 찾았다. 보이는 위치에는 없다.

"죽었나?"

"아니."

남자는 고개를 젓는다.

"살아는 있어. 하지만 움직이지 않는 편이 좋겠어."

"어쩔 거야? 데려오라는 거 그 여자잖아."

인간을 실어 나른다는 것은 물론 쉬운 일이 아니다. 의식
이 없는 상대라면 더욱 그렇다. 단순한 중량물로도 운반하

기 어려운데 이런 상황이면 훨씬 더 눈에 띈다. 협박해서 자신의 발로 걷게 하는 것이 최선, 정신을 잃은 상대를 부축한 모습으로 데리고 가는 것이 차선. 눈에 띄지 않는 자루에 담아 짐처럼 옮기는 것이 그것들보다 훨씬 아래인 타협책.

"누구한테 살해당한 거야? 그 에마란 녀석인가?"

주위를 둘러보던 알로하 셔츠가 누구에게랄 것 없이 물었다.

"아직 살아있어. 아마 제한 시간이 끝난 거겠지."

시선을 들지 않고 선글라스가 대답했다.

"뭐?"

"생쥐를 사용한 이식 실험에서 〈콜 와다에〉는 열흘 남짓 만에 피에 섞여 배출되었다고 들었어. 인간에게도 똑같은 일이 벌어진 거 아닐까."

"하아……."

"뭐든 상관없어. 이거, 담을 거야?"

야구 모자가 가져온 대형 배낭을 흔들어 보였다. 저항하고 기절시켰을 상황을 대비해 가져온 것이다. 하지만 알로하 셔츠에게 '멍청이'라며 일축당했다.

"그거 방수 아니야, 피가 배어나온다고. 한여름의 살인 산타클로스, 순식간에 오늘 밤 뉴스 상단에 실릴걸."

"그럼 어쩌라고?"

"지퍼백."

서로 노려보는 두 사람 사이를 선글라스의 목소리가 갈랐다.

"……뭐?"

"주방, 어딘가에 지퍼백이 있을 테니까 가져와. 큰 걸로."

"뭘 하려고……."

"말했잖아, 〈콜 와다에〉는 생쥐에게서 배출됐고, 그거랑 똑같은 일이 인간이라도 일어난 거라고."

피 묻은 그 손이 바닥 위에서 무언가를 잡아 올렸다.

빨갛다.

크기는 아이의 주먹 정도.

얼핏 보면 고깃덩어리 같았다. 혹은 겉으로 빠져나온 내장 같기도 했다. 근육과 지방이 서로 섞인 상태에서 신경이 드러나 있었다. 그렇지만 뼈 같은 것은 없다. 늪에서 올라온 거머리 같았다.

선글라스를 낀 남자의 손 안에서 그것은 희미하게 맥동하고 있는 것처럼 보였다.

"우웩."

야구 모자를 쓴 남자가 혐오감을 내비쳤다. 거친 일과 피에 익숙해진 그에게 그런 반응을 이끌어낼 만한 그로테스크함이 거기에는 있었다.

"〈콜 와다에〉다. 이걸 가져가면 돼."

"……그게."

"여기서 여자를 빼내기엔 위험이 너무 커. 하지만 이 정도면 괜찮겠지. 만일 필요하다고 하면 그때 다시 이 여자를 회수하면 되고. 그렇지?"

야구 모자와 알로하 셔츠가 얼굴을 마주 보았다.

"그러니까 지퍼백. 가져와."

그 재촉에 '알았어' 하고 야구 모자가 움직이기 시작했다.

탁자 위에 종이쪽지가 한 장 놓여 있다.

삐뚤빼뚤한 글씨로 짧은 한 문장이 적혀 있다.

선글라스를 낀 남자가 피를 닦은 손으로 그것을 집어들고 내용을 훑어보고는.

"……."

말없이 제자리로 되돌렸다.

유리 어항 안에서.

방 안에서 일어나는 모든 일과는 무관한 듯 두 마리의 금붕어가 우아하게 헤엄치고 있었다.

◇

무모한 싸움이라는 것은 알고 있다.

기적을 몇 번이나 일으켜도 부족한 도전이라는 것도 알고 있다.

그럼에도 소지는 달려들었다. 에피존의 서버에 공격을 가하고, 야즈노와는 비교할 수 없을 정도의 견고함에 이를 갈았다. 노먼 골드버그의 자료를 모았다. 에피존 및 주변 기업 관계자들에게 위장 번호로 연락을 넣어 골드버그의 목소리와 어조로 가짜 지령을 내렸다. 관련자 몇 명의 배임 증거를 빼내 다른 곳에 뿌려버렸다.

가공의 사고로 보안부를 혼란에 빠뜨리고 가짜 트러블로 감사부를 쫓게 했다. 그렇게 흐트러진 보안 틈새로 몸을 비집고 들어갔다.

몇 번의 행운이 있었다. 위태로운 줄타기를 차례차례 이어나갔다.

하늘이, 빨갛다.

해가 금방이라도 질 것 같았다.

그것은 막무가내 돌격이었다.

냉정할 때라면 절대 하지 않을 조잡한 수단을 닥치는 대로 사용했다. 온갖 서버에 자신의 흔적을 남기며 돌아다녔다.

말할 것도 없이 흔적을 남기는 것은 이런 작전에서는 금기다. 침입자나 공작자의 존재가 탄로나면 작전 자체가 위태로워지는 것은 물론 향후 자신의 몸도 당연히 위태로워진다. 경우에 따라서는 과장도 농담도 아닌 정말 히트맨의 표적이 될 수도 있다.

그런 것은 알고 있다.

그래도 기세는 꺾지 않았다.

앞으로 몇 시간만 더 들키지 않으면 된다. 지금 이 순간만 견뎌내면 되는 것이다. 고토를 상대로 한 승부를 끝내고, 알제논……(이 아니라)…… 사나쿠라 사키미의 안전을 확보한다. 그것이 최우선 사항.

그 외의 것은 지금은 생각하지 않았다.

그렇다고는 해도 죽고 싶지는 않다. 다 끝난 다음에 할 수 있는 범위에서 흔적을 지울 생각이었다.

"좋아……."

이제 얼마 남지 않았다고 소지는 생각했다.

지금 당장 가능한 사전 준비는 거의 끝났다. 이제 골드버그 계정으로 고토 일행에게 의뢰 철회 연락만 하면 된다. 물론 의심은 받겠지만 주변 상황은 다 만들어 두었다. 에피존 내부에 소지가 연출해 둔 트러블이 '지금의 골드버그는 〈콜 와다에〉를 신경 쓰고 있을 겨를이 없다'라는 방증이 되어줄 것이다. 공작의 존재 자체는 금방 들통나겠지만 상관없다. 태세를 재정비하는 데엔 며칠이 걸릴 것이고, 그 며칠을 이용해 다음 수를 쓰면 그만이다.

조금 있으면 끝이다. 고토를 물리치고 자신들은 자유로운 시간을 얻는다.

이제 어떻게 할까, 하는 생각이 뇌리를 스쳤다. 오늘은 이미 지쳤다. 움직이는 것은 내일부터다.

한 가지가 생각났다. 알제논을 데리고 동물원에 가자. 사키미의 몸을 나온 후에 어떤 동물의 몸에 들어갈지 그 후보를 찾으러 가는 거다. 다소 희귀한 것을 요구한다 해도 지금의 자신이라면 어지간한 일은 할 수 있을 것이다. 그런 생각이 들었다.

착신음.

마지막 엔터키 위에서 손가락이 멈췄다.

울리는 것은 소지의 스마트폰. 발신자 번호를 본 기억은 없다.

하늘을 올려다보았다. 빨갛다. 지평선 근처에서 아직 태양이 보이고 있다.

순간적인 망설임 끝에 화면을 눌러 통화를 연결했다.

『샌님 양반, 금방 또 통화하네. 지금 어디지?』

듣기 싫었던 그 목소리가 흘러나왔다.

"연락처를 교환한 기억은 없는데?"

『그런 소리 말라고. 우리 사이에.』

혀를 찼다. 이 번호가 왜 밝혀진 거지? 신경 쓰이기도 하고 그대로 놔둘 수도 없는 문제였지만, 지금은 그보다 우선시해야할 일이 있었다.

"무슨 일이야. ……일몰까진 아직 시간이 남았잖아."

『음, 아아, 그렇지. 안심해, 대답을 재촉하는 게 아니야.』

"그럼 뭐야. 이쪽도 한가하지 않아, 하찮은 용무라면…….”

그가 소지의 목소리를 가로막듯이 말했다.

『나는 페어 플레이를 추구하니까 말야, 알려주려고 그랬지.』

"……무슨 말이야."

『선수를 친 것 같아 미안하지만, 물건은 확실히 받았다.』

"……뭐?"

이 녀석은, 무슨 소릴 하는 거야.

이 녀석은, 뭐라고 한 거지.

이 녀석은, 대체 뭐지.

찰나의 혼란이 소지의 사고를 어지럽혔다.

『소액이라 미안하지만 나중에 대금도 보내두마. 어디로 입금하면 될지 계좌를 알려줘.』

비웃음이 담긴 조롱조로 고토가 말을 이었다.

소지에겐 들리지 않았다.

멈춰있던 생각을 간신히 긁어모아 다시 움직였다. 들은 내용을 이해하려고 애썼다.

웃기지 말라고.

분노의 외침도 도중에 멈추고,

노트북을 내던지고 달리기 시작했다.

해가 질 때까지 기다리겠다고 고토가 직접 말했다. 소지는 그것을 그대로 받아들이고 해 질 녘까지는 괜찮을 것이라고 생각했다. 스스로 그렇게 믿고 싶은 마음에 의심을 게을리했다.

천천히 태양이 지평선 너머로 저물었다. 밤이 오고 있었다.

(6)

카도사키 외과 병원에는 오늘 밤에도 다른 손님의 기척은 없다.

"피가 부족해. 영양도 부족해. 당분간은 링거 맞고 쉬는 게 좋겠어."

카르테를 든 나이 든 여의사가 말했다.

"하지만 딱히 외상도 안 남았고 기본적으로 건강해. 의식도 멀쩡한 것 같고. 아마 며칠 안에 본래의 생활로 돌아갈 수 있을 거다."

그렇구나, 라고 소지는 생각했다.

그 감정은 스스로도 놀라울 정도로 고요했다.

"만나고 가겠나?"

질문을 받고 잠시 고민했다.

"괜찮아?"

"딱히 면회 사절 같은 것도 아니니까. 게다가 너는 권리가 있잖아."

"그래, 그런가……."

자신의 손바닥을 잠시 응시했다.

어두컴컴한 병실로 들어갔다.

침대에 누워 있는 여자아이가 천천히 이쪽을 바라본다.

"……에마, 선생님……?"

이름을, 불렸다.

"그래."

힘없이 화답했다.

"안녕, 사키미."

"나……."

그 순간, 아마도 갑자기 찾아온 듯한 두통에 얼굴을 찌푸렸다.

"아…… 웃……."

"괜찮아?"

"……네. 저는 괜찮아요. 근데."

그 말을 듣고 소지는 '아아, 역시' 하고 생각했다.

"기억하고 있구나, 그 녀석."

사키미는 천천히 숨을 들이쉬고 내쉬었다.

"네, 그 애가 본 것, 들은 것, 생각했던 것, 희미하지만 전부 여기 남아 있어요."

팔을 움직여 자신의 가슴을 눌렀다.

타인의 기억을 읽는다는 감각은 무엇일까. 일전 알제논이 사키미의 기억에 관해 같은 말을 했었다. 같은 몸, 같은 뇌를 사용하고 있으니 거기에 남아 있는 기억을 읽을 수 있다. 상황 자체는 거의 그대로지만 입장이 역전됐다.

한 몸에 살던 이 둘은 누구보다 가까운 이웃이었다. 다른 누구보다도 서로에 대해 알고 있었다. 결코 만날 일도, 마주칠 일도 없다 해도.

"알제논을 원망해?"

"딱히. 원한 같은 건 없어요. 다만."

눈을 감았다.

"화가 나긴 하죠. 그야 당연히 남의 몸을 멋대로 쓴 건데. 그래 놓고 불평 한마디 안 듣고 사라져 버리다니."

눈꼬리에서 굵은 물방울이 관자놀이를 타고 베개로 떨어졌다.

"말하고 싶은 게 아주 많았는데. 이상한 모습으로 있지 마, 이상하게 먹지 마, 이상한 소리 하지 마. 그리고 또 그 것도. 저, 제가 모르는 새에 이 몸의 순결까지 바칠 뻔했잖아요."

드문드문 섞인 오열로 목소리도 띄엄띄엄. 그럼에도 말을 멈추지 않았다.

"아니, 하지만 그런 부분은 이제 와서 아무래도 상관없어. 가장 용서할 수 없는 건 다른 거예요."

힘없이 고개를 흔든다.

"제 몸에 들어오자마자 제일 먼저 그 애는 사과했어요. 적어도 그런 마음이라는 게 전해졌어요. 그때 만약 말을 알았다면 '미안해요'라고 말했을 거야."

거기서 작게 웃음을 터뜨렸다.

"자기가 기생 생물이라는 걸 알았을 때도 그 애가 저한테 이랬어요. '태어나서 미안해요, 살려고 해서 미안해요'라고. 무슨 그런 농담이 다 있어. 그런 걸 사과하는 아기가 세상천지에 어디 있다고."

두 팔로 자신의 눈을 감싼다.

"화냈어야 했는데. 하지만 내 목소리는 그 애한테 닿지 않겠지."

——부탁······ 야······.
——이······ 살려, 줘······.

이제서야 이해했다. 첫날밤, 사키미의 그 호소는 자신을 도와달라는 것이 아니었다는 것을.

——이 애를 살려줘.

아버지를 잃고, 자기 자신도 어떻게 될지 모르는 그런 상황에서. 그녀는 자신을 침식해 가고 있는 이물질의······ 자신 속에 태어나던 작은 자아를 걱정하고 있었다는 것을.

그 소원을, 나는 들어주지 못했다.

"너는······ 네 원래 생활로 돌아가."

힘겹게 소지가 말했다.

"집에 가서 가족을 위로해 줘. 학교에 가서 친구들과 미래를 목표로 나아가."

"그리고 지난 일주일 동안의 일은 다 잊으라고요?"

"그래, 그건 그 녀석의 소원이기도 했을 거야."

"너무 잔인해."

"그래."

정말로, 그렇다. 반박할 말도 없다.

"미안."

"선생님도 사과하고 끝내려고 하는군요."

"……그래, 미안해."

방을 나왔다.

◇

손 안에는 메모지가 한 장.

삐뚤거리는 글씨로 '미안해. 약속은 못 지켜'라고 적혀 있다. 그 아래에는 커다란 여백이 펼쳐져 있다. 아마 더 많은 것들을 담을 생각으로 적기 시작했음을 알 수 있었다. 하지만 시간이나 여력이 부족해서, 혹은 할 말을 찾지 못해서 그것을 이루지 못했다. 그러니 제일 중요하다고 생각한 말 한마디를 필사적으로 그곳에 적어놓은 것이다.

"뭐, 확실히 사과하고 끝낼 일은 아니지……."

자신은 텅 비었다고 생각했다.

본래의 목적은 달성했다. 사나쿠라 사키미를 위험한 곳에서 끌어내고 그 인격도 되찾았다. 당장은 일신의 위험도 사라졌다. 그녀는 문제없이──기뻐할 일도 슬퍼할 일도 포함해──자신의 삶으로 돌아갈 수 있을 것이다.

소지 자신에 대해서도 마찬가지다. 더 이상 고토의 표적이 될 이유가 없다. 세이프하우스에 숨어 살 필요 없이 원래 자신의 집으로 돌아갈 수 있다. 그리고 지금까지와 같이…… 가끔 스파이스러운 일도 하는, 보안 계통의 일반인다운 생활로 돌아갈 수 있다.

그것은, 기뻐할 일이다.

그러니까, 받아들여야 할 일이다.

──나는 네게서 사키미를 되찾겠다고 선언했다.

──네가 그곳을 나갈 때는 다음 몸을 알아봐 주겠다고도 약속했다.

결국.

에마 소지는 아무것도 하지 못했다.

그 녀석이 말한 부탁이나 소원을 하나로 이뤄주지 못했다.

자신 스스로 결정한 것도 원했던 것도 하나도 이루지 못했다.

"……."

숨을 들이마시고 내쉬었다.

잠시 고민하는 척을 해 보았지만 무의미하다는 것을 알고 바로 그만두었다.

"……아아, 그러고 보니……."

생각났다.

조금 전까지 벌인 무모한 해킹의 흔적을 지워야 했다. 에피존과 그 주변 회사에는 상당히 극심한 혼란이 빚어지고 말았다. 그리고 현장에는 범인이 에마 소지라는 증거가 충분할 정도로 남아 있었다. 서둘러 그것들을 처분하지 않으면 내일 아침쯤이면 머리에 총알이 박혀있을지도 모른다.

이미 늦었다.

에피존 직원들은 우수했다. 여기저기 흩뿌려진 혼란의 씨앗을 수습해 당연하다는 듯 범인까지 밝혀냈다. 보안 부문의 대표인지 뭔지 하는 남자가 '유치한 자기과시범이 벌인 크래킹이다, 범인은 그에 상응하는 보상을 받을 거다'라고, 주주를 상대로 퍼포먼스 동영상을 업로드했다.

멍한 얼굴로 소지는 그 동영상을 끝까지 보았다.

그것은 소지를 향한 실질적인 사형 선고나 다름없었지만, 마음은 별로 움직이지 않았다.

지어낸 이야기는 비교적 좋아한다. 에마 소지 자신의 인생은 이미 망가졌으니까. 지금 이렇게 여기 있는 자신은 이미 마모된 잔해 같은 것이니까.

그 잔해에 크게 애착이 가는 것도 아니다. 그보다는, 그 모든 것이 요 며칠 사이에 승화된 것 같았다. 좋은 일도 나쁜 일도, 만남도, 이별도.

그러니까 이제 괜찮지 않을까.

상식이든 교양이든 법률이든, 그런 것 상관없이 감정만으로 무언가를 원한다 해도.

그야말로 B급 액션 영화 같은 결말을 이 삶에서 원한다

해도.

거리로 나왔다.

태양은 졌지만 무더위는 여전하다. 열기 속을 헤엄치는 듯한 느낌으로 가로등이 비추는 길을 나아갔다.

"⋯⋯."

앞으로 하려는 정신 나간 짓에 비해 머리속은 이상할 정도로 냉정했다. 작전을 세 단계로 나누고, 각각에 구체적인 작업을 채워 넣었다. 쓸 수 있는 시간에 여유는 없었지만, 효율적으로 진행한다면 어떻게든 될 것이다.

조금 걸어서 첫 번째 타깃 위치에 도달했다.

정오 전에 마주친 불량한 젊은이 중 한 명이다. 이름은 에노모토 다이고, 23세. 옆의 시에서 꽃집을 하고 있는 부모님과 도쿄에서 회사원을 하고 있는 남동생이 있다. 최종 학력은 나시누마니시 고등학교 중퇴, 지난달에 좋아하던 VTuber가 은퇴해서 다소 우울함, 와사비 햄버거를 좋아해서 일주일에 한 번은 직접 만들어 먹고 있다, 그리고 바지 엉덩이에 발신기가 달린 것을 현시점에서 아직 깨닫지 못하고 있다.

등 뒤로 다가가서 어깨에 손을 얹고 말을 걸었다.

"안녕."

"엉?"

의아한 얼굴로 돌아본다.

"너⋯⋯."

누구였더라, 하는 얼굴로 잠시 몇 초.

"아."

"생각났어?"

생긋, 소지가 웃었다.

웃으면서 온 힘을 다해 후려쳤다.

그야말로 액션 영화의 한 장면처럼, 그 녀석은 깨끗하게 날아갔다.

길거리에 나와 있던 술집 간판 몇 개를 쳐서 넘어뜨리고 쌓여 있던 쓰레기봉투에 머리부터 처박혔다.

주위 행인들 사이에서 비명이 터져 나왔다. 멀리서 둥그렇게 인파가 형성되었다. 몇몇 사람들은 스마트폰을 꺼내 사진이나 동영상을 찍기 시작했다. 곧 SNS든 동영상 사이트든 어디로든 퍼질 것이다. 그리고 '5년 전의 살인마'와 동일 인물임을 깨닫는 자가 나오면 또 한바탕 소동이 벌어질 것이다.

그건 우울한 이야기이긴 하지만, 뭐 이제 와서 크게 신경 쓸 문제도 아니다.

주먹이 아프다. 누군가를 때린다는 것 자체가 익숙하지 않은 탓에 힘 조절을 잘못했다. 두 번째부터는 도구를 쓰기로 마음먹었다.

쓰러진 남자에게 다가가 목덜미를 잡고 일으켰다. 힘없이 신음하는 그 녀석의 눈을 들여다보며 부드러운 목소리로 말을 건넸다.

"네 친구에 대해서 몇 가지 이야기를 좀 듣고 싶은데, 괜찮을까?"

◇

대답은 해가 질 때까지 기다려 주겠다고, 고토는 그렇게 말했다.

그것은 거짓말이었다. 밤까지 기다리지 않고 고토는 행동을 취했다.

고토는 목적을 달성했고, 소지는 지켜야 할 상대를 잃었다. 승부는 끝났다. 고토는 더 이상 소지에게 관여할 이유가 없으며, 소지 또한 더 이상 고토와 관련될 일이 없었다.

마음만 먹으면 지금이라도 평화로운 생활로 돌아갈 수는 있을 것이다. 에피존에게서 도망가야 하긴 하겠지만, 본래부터 속세와는 거리가 먼 삶이었다. 불가능하지는 않을 것이다.

그 상황에서 소지는.

"이만큼이나 대출혈 대서비스로 팔아치웠잖아."

통증을 호소하는 붉은 주먹을 더 세게 쥐었다.

"──기쁘게 사줄게, 그 전쟁."

(7)

나카타 나츠히코에게는 꿈이 있었다.

그리 거창한 이야기도 아니다. 누구나 어릴 때는 크든 작든 새하얀 캔버스에 장래의 자신을 덧칠하기 마련이다. 주변 아이들이 직장인이니 공무원이니 하는 꿈을 꾸는 가운데 나츠히코는 '정의로운 비행 소년'이 되고 싶다고 생각했고, 초등학교 졸업 문집에도 그렇게 썼다.

인간이란 자고로 쉽게 길을 잘못 들고, 쉽게 떨어지는 법이다.

도리에 벗어난 일을 벌이면 비행 소년답다고 생각했던 중학교 시절, 엉망진창인 선배를 그저 따르는 것만으로도 즐거웠던 고등학교 시절, 그리고 그 연장선을 따라 십여 년이 지났다. 정신을 차리고 보니 20대도 끝이 가까워지고 있었다. 그리고 거울 속에는 정의와도 비행 소년과도 인연이 없는, 그저 나이만 먹은 전직 불량아의 모습이 있었다.

하지만 그의 마음속에 초조함은 없다.

왜냐하면 그 고토 카오루가 자신들의 보스인 것이다.

확실히 엉뚱한 사람이고, 기분파에, 숨길 수 없는 범죄자다. 하지만 실력이 있고 실적과 연줄이 있다. 무엇보다 압도적인 자신감을 가지고 있다. 조만간 그 어느 때보다 더 큰 일을 벌일 것이 분명하다. 그때는 밑에 있는 자신들에게도 콩고물이 떨어질 것이었다.

그렇게 생각하고 있었다.

"마음에 안 든다고. 외부인이 기세등등해서는."

그렇게 불평하는 동료들의 마음도 아주 잘 알았다.

그 **외부인**을 보스에게 소개한 것은 나츠히코다. 그러니까 입장상 그 녀석을 나쁘게 말할 수는 없었다. 그러나 그렇다 쳐도 눈앞의 이 녀석들처럼 썩 유쾌하지 않은 것은 확실했다.

답답한 그 방에서는 나츠히코 자신을 포함해 세 사람이 '무슨 일이 있을 때'를 대비해 대기하고 있었다. 그렇지만 어차피 늘 그래왔듯이 '무슨 일'은 일어나지 않을 것이다.

그리고 좁은 곳에 남자 셋이 갇혀 있으면 당연하게 성질도 나고 불평도 나올 수밖에 없다.

"야, 네가 데려왔잖아, 나츠. 어쩔 거야, 그 녀석."

거기서 나한테 말을 돌리지 말아줘, 라고 나츠히코는 생각했다.

"신경 쓰지 마. 이번 일이 끝나면 어차피 사라질 거야."

"글쎄. 보스의 눈에 들어서 빌붙을 생각 아닐까?"

"그럼 그때 가서 쫓아내도 되잖아. 지금은 아직 이용 가치가 있으니까 내버려 두라는 얘기야. 야, 너도 뭐라고 좀 말해, 토모지……."

이야기를 다른 동료에게 돌렸다.

평소 말이 적지만 비교적 냉정하고 주변 공기를 별로 개의치 않는 한 명. 감정적이고 비건설적인 이 대화에 타이밍 좋게 냉정한 한마디를 던져주기를 기대했다.

"······토모지?"

스마트폰을 노려본 채 그는 아무 말도 하지 않았다.

"야, 토모지? 왜 그래?"

재촉에 토모지가 고개를 들었다.

"정시 연락이 안 들어와."

"무슨?"

"밖에 있는 녀석들 말야. 두 명이 대답이 없어."

"아······ 또 땡땡이치나 보네. 그 자식들은 질리지도 않나."

뭔가 이상하다, 나츠히코는 그렇게 느꼈다.

하지만 그것을 언어화하지는 못했다. 그래서 기분 탓이겠지, 하고 넘겼다.

"걸어 봐도······ 안 받네."

"또 평소처럼 그 민머리 있는 곳에서 마시는 거겠지. 거긴 시끄러워서 착신음도 제대로 안 들려."

"그럴······ 지도 모르지만······."

토모지가 굵은 손가락으로 다른 번호로 전화를 걸었다.

"뭐 하는 거야?"

"아무래도 신경 쓰여서. 다른 녀석한테 상황을 보게 하려고."

"생각이 지나친 거 아냐? 머리 벗겨진다?"

"안 벗겨져. 우리 집안은 덥수룩하거든."

의미불명의 반론을 펼치면서 토모지는 스마트폰을 귀에 가져갔다.

"······나야. 이상은 없어?"

이번에 전화를 건 상대는 무사히 통화에 응한 것인지 대화가 시작되었다.

나츠히코는 동료와 얼굴을 마주 보았다.

"까다로운 녀석이라니까."

"뭐, 그 부분이 이 녀석의 좋은 점이지."

"그건 그래."

하하하, 하고 웃는다.

토모지는 진지한 얼굴로 통화를 계속 이어갔다.

——아츠시와 류의 반응이 없어. 마지막 보고는 3시간 이상 전. 두 사람의 상황에 짐작 가는 것은 있나. 아침에 만났을 때의 녀석들에게 뭔가 위화감은 없었나. 아니, 지금 움직이고 있는 멤버는 너희들이 전부다.

"이봐 나츠, 너 그 소매."

말을 듣고 나츠히코는 자신의 알로하 셔츠를 확인했다. 끈적끈적한 피로 얼룩져 있다. '으악' 하고 비명을 질렀다가 토모지의 눈총을 받았다.

"다쳤어?"

"아니, 아니야, 아까 그 무슨 생고기 같은 걸 가져올 때 묻은 거야. 우웩, 씻으면 떨어지는 건가, 이거."

"베이킹소다 써, 베이킹소다. 그런 건 거의 베이킹소다면 해결돼."

토모지가 통화를 계속하고 있다.

──보스는 늘 있는 장소에 있어. 우리는 지금 아지트에서 대기하고 있다. 에피존사에는 아직 보고하지 않았어. 잠깐, 왜 네가 그런 걸 신경 쓰지. 아니, 그게 아니야. 분명 다이고의 핸드폰이고 다이고의 목소리야. 하지만 너, 다이고가 아니구나.

낮은 목소리.

"너, 누구야."

이제서야.

이번에야말로 정말 이상 사태가 일어났다는 것을 나츠히코도 알아차렸다.

"⋯⋯끊겼어."

혀를 한 번 차고 토모지가 스마트폰을 집어넣었다.

"무슨 일이 일어난 거야?"

"적이 움직였어."

"적이 누군데?"

"내가 어떻게 알아? 어쨌든 적이야."

토모지는 신경질적인 기색으로 고개를 흔들었다.

"아마 밖의 무리들은 전멸일 거다. 아츠시도 류도, 아마 다이고도 당했어."

"당했다니, 살아는 있는 거야?"

"모르겠어."

"그 적의 인원수는."

"모르겠어."

"뭐야, 모르겠다는 말밖에 못 하냐, 넌! 그렇게 길게 얘기 하더니, 가짜 다이고한테 정보를 흘린 것뿐이잖아!"

"너야말로 아무것도 눈치채지 못했잖아! 내가 움직이지 않았다면 아직도 '어차피 술이나 마시고 있겠지' 하는 멍청 한 생각이나 했겠지!"

"그럴 리가 있겠냐! 난 처음부터 이상하다고 생각했어! 근 데 네가!"

"아아, 그러셔? 그럼 다 눈치챈 네가 설명해, 적은 누구고 몇 명이고 지금 어디에 있고 목적이 뭔지!"

"책임 전가냐? 그걸 알아내는 건 네 몫이잖아!"

지금 무슨 일이 일어나고 있는지 전혀 이해하지 못하고 있다. 완전히 선수를 뺏기고 말았다. 하지만 그렇다고 이 상 황에서 아무것도 하지 않을 수는 없다.

초조함이 차오른다. 감정이 흐트러졌다.

"야, 야, 둘 다 그만해."

나츠히코가 중간에 끼어들었지만, 달아오른 두 사람은 멈 추지 않았다. 서로를 모욕하는 소리가 점점 커지는 한편, 이 제 어떻게 해야 하나 머리를 싸매고 싶어진 그 순간.

"……어?"

주위가 어둠에 휩싸였다.

정전인가, 하고 생각했다.

이 방에 조명은 세 군데 있다, 그 모든 전구가 동시에 수명을 다했다고 보기는 어렵다. 옆집의 창밖을 확인할 수 있으면 정전이 이 빌딩만의 일인지 아니면 지역 일대의 일인지 알 수 있을 것이다.

아니, 아니다.

"온…… 건가?"

반신반의, 아니, 믿고 싶지 않다는 마음을 담아 그렇게 중얼거렸다.

반응은 없었다.

조금 전까지의 흥분은 어디로 갔는지, 그 자리의 전원이 움직이지 못했다.

빌딩 밖 어딘가 멀리서 개가 짖는 소리가 들렸다. 소리다운 소리는 그 정도였다. 숨소리조차 꺼려질 정도의 무거운 침묵이 방을 가득 채우고 있었다.

'…….'

거짓말이지, 라고 생각했다.

무슨 공포 영화도 아니고, 라는 생각도 들었다.

적.

어떤 자일까.

자신들은 팀이다. 팀을 상대로 이렇게 솜씨 좋게 제압을 진행시켰다. 그런 일을 개인이 할 수 있을 리가 없다. 훈련받은 조직 같은 거겠지. 경찰이라든가 자위대 같은 그런 거겠지. 아마 SWAT이나, 그린베레나. 아무튼 그런 굉장한 녀

283

석들일 것이다. 틀림없어.

그런데 어째서.

그런 놈들에게 싸움을 건 기억은 없다. 액션 영화도 아니고. 자신들은, 그래. 연구 시설을 하나를 불태우고, 에마 소지인지 뭔지 하는 말라깽이 한 명을 몰아세우고, 생고기 한 조각을 빼앗아 왔을 뿐인데.

'……'

자신의 호흡 소리가 귀에 거슬렸다.

어둠 그 자체를 해결하는 것은 간단하다. 스마트폰을 사용하면 주변이나 발밑을 비추는 정도의 빛은 얻을 수 있다. 그런 것은 굳이 생각할 필요도 없이 알 수 있다.

그러나 이 자리의 누구도 그것을 행하려고 하지 않았다.

이 어둠 속에 무엇이 숨어 있는지 알 수 없다. 그것은 확실하다. 그러나 동시에 이 어둠이 자신들을 감싸 숨겨주기도 했다. 그 한없이 가느다란 실낱같은 안도감을 차마 놓을 수가 없었다.

"……차단기, 를."

눌러 죽인 듯한 토모지의 작은 소리.

"차단기를 보고 올게."

"기다려."

위험해, 라고 하려던 말을 나츠히코는 삼켰다. 그런 것은 누구나 알고 있는 사실, 아무런 경고도 되지 않았다. 그리고 확실히 이대로 아무도 움직이지 않으면 상황은 변하지 않았다. 누군가가 나서서 움직여야 했다.

"대비하고 있어."

그 말만을 남기고 토모지는 움직이기 시작했다.

삐걱삐걱, 바닥을 울리는 작은 소리가 조금씩 멀어진다.

'대비하고 있으라니…… 어쩌라는 거야…….'

어둠 속에서 몸을 떤다. 그것밖에 할 수 있는 것이 없는데.

적어도 무기 하나라도 있었다면 이야기는 달라졌을지도 모르지만.

'……아.'

악마 같은 번뜩임이 뇌리를 스쳐 지나갔다.

이 아지트에는 그것이 있다.

고토 보스의 두터운 신뢰를 받고 있는, 그야말로 간부를 자청할 수도 있는 자신 같은 위치의 사람밖에 모르는 일이지만. 이럴 때 반드시 도움이 될 그것이.

'확실히…… 그거라면…….'

행운이었던 것은 자신이 처음부터 **그 장소** 근처에 있었다는 것.

소리가 나지 않게 조심해서 움직이기 시작했다.

액션 영화, 좋다 이거야. 어울려 주마.

책상, 최하단 서랍이다. 잠겨 있다. 열쇠는 옆방 달력 뒤에 숨겨놨지만 가지러 갈 여유는 없었다.

손을 더듬어서 원하는 장소를 찾았다.

힘을 줘서 강제로 열려고 했다. 큰 소리가 났다.

"히익?!"

날카로운 비명소리가 들렸지만 무시했다.

잠금장치는 풀지 않아도 된다. 이 서랍은 얇은 알루미늄판으로 되어 있다. 성인 남성이 힘을 주면 망가뜨릴 수 있었다. 덜컹덜컹, 요란한 소리가 나고 '그만, 그만해' 산소 부족으로 숨이 넘어가는 듯한 비명이 들렸지만 개의치 않고 책상을 계속 흔들었다.

파괴음.

서랍이 부서졌다.

"헤…… 헤."

희미한 미소가 떠올랐다. 찢어진 알루미늄에 베인 것인지 손바닥이 젖어가는 것이 느껴졌지만 흥분 때문에 통증은 느껴지지 않았다. 손을 뻗었다. 서랍의 내용물, 특징적인 형상을 띤 **그것**을 잡았다.

구성 부품의 대부분이 3D 프린터로 불법 출력된 플라스틱제 미등록 권총. 부품 제조에 공장이 필요하지도 않기 때문에 밀조가 용이하고, 그 유통이 경찰의 눈에는 **보이지 않는다**. 그런 이유로 유령총이라고도 불린다.

극한으로 구조를 단순화했기 때문에 기능이나 정확도 저하, 소재 자체의 내구성 부족 등 총기로서의 성능에는 불안 요소가 많다. 참고로 탄환의 입수가 어려운 일본 국내에서는 사실상 쉽게 사용할 수 있는 것은 아니었다. 하지만 그럼에도 총은 총. 방아쇠를 당기면 총알이 나오고 사람이 죽는다, 아마도.

필살의 흉기를 들자 흥분이 조금 가라앉았다.

눈이 어둠에 익숙해지면서 조금씩 주위가 보이기 시작했다.

그곳에, 무언가가 있었다.

"나오유키?"

동료의 이름을 불렀다. 대답은 없다.

그러고 보니 차단기의 모습을 보러 갔던 토모지도 돌아오지 않았다.

'……아아.'

확신했다.

'거기 있구나.'

손안의 **그것**을 그쪽으로 향했다.

대체 어느틈에, 하고 생각했다. 물론 지금 자신이 서랍과 씨름하고 있던 사이였을 것이다. 큰 소리를 틈타 이 방에 들어왔겠지.

어둠 속, 조금 전까지 나오유키가 있던 곳 근처.

뭔가 검은 것이 움직인 것 같다는 착각이 들었다.

"으……."

목구멍에서 비명이 치밀어올랐다.

"으아아아아아아아아아아아아악!"

방아쇠에 건 검지를 전력으로 당겼다.

잘각, 하는 차가운 소리. 총알은 나오지 않았다. 간소한 구조의 이 유령총에 안전장치는 달려 있지 않지만, 그렇다

287

해도 총알을 넣지 않으면 사격은 할 수 없다. 그런 단순한 것조차 눈치채지 못했다.

기척이, 희미한 발자국 소리가 다가왔다.

(8)

"……말도 안 돼."

작은 남자가 멍한 소리를 내며 고개를 흔들었다.

"고토 씨. 나쁜 소식과 더 나쁜 소식과 최악의 뉴스가 있어요. 어느 것부터 들으실래요?"

"대강의 상황은 파악했어. 전부 말해."

"외부 녀석들의 연락이 끊겼어요. 대기 중이던 녀석들도 연락이 안 돼요. 그리고 방금 아무래도 여기 통신 수단 자체가 끊긴 것 같아요."

무선 유선 상관없이 연결이 안 돼요, 하며 양손을 든다.

"핫."

고토는 찰싹, 하고 이마를 때렸다.

"대단하군! 야아, 정말로 대단해! 끝내주네, 에마 청년! 이렇게까지 하지 않거든, 보통은 말야!"

진심으로 기쁜 얼굴로 칭찬한다.

"아뇨, 좋아할 때가 아닌데요."

"좋아하는 게 아니야. 즐기는 거지."

"차이를 모르겠어요."

가볍게 손가락 끝으로 키보드를 두드리고는 의자를 돌려 고토에게 돌아선다.

"그보다 애초에 이게 정말 그 남자 한 명이 벌인 짓일까요? 외부 패거리를 한 사람씩 무너뜨린다, 이쪽의 전력을 파악한다, 거점을 알아낸다, 무음으로 제압한다, **여기를 발견하고 봉쇄한다**……"

손꼽아 센다.

"최소한 네댓 명의 동료가 있다고밖에 생각할 수 없어요. 그럴 수밖에요. 업무량이 너무 많아요. 여러 팀이 움직여야 하는 일이에요. 솜씨가 좋고 나쁨의 문제가 아니라 혼자 할 짓이 아니에요, 이런 일은."

"그래서 그런 거지."

고토가 유쾌하게 몸을 흔들었다.

"우리는 호랑이 꼬리를 밟은 거야. 평범하게 날뛰는 호랑이 한 마리를 잡아두는 것 정도는 손쉬우니까. 그래서 그 호랑이는 호랑이로서 싸우는 것을 포기했다. **한 명이 상대라고 방심한 우리들을 무리의 싸움 방식으로 몰아붙인 거다**."

"말이 돼요? 무슨 의미가 있는데요, 그게?"

"불가능하다고 생각한 수단을 사용한 시점에서 이쪽의 사고에는 사각지대가 생기지. 거기로 몸을 비집어 넣으면 어디로든 갈 수 있고 뭐든지 할 수 있어. 그리고 아마도 에마 소지는 사람의 사각지대를 누비고 움직이는 것에 꽤 능숙하다."

"……아니, '꽤 능숙하다'라는 말로 납득할 수준의 이야기가 아니잖아요. 진심으로 하는 말이에요?"

"그래, 나는 확신하는데? 오늘의 그 녀석은 히어로다, 그 정도는 할 수 있지."

파직.

타는 듯한 소리와 함께 방안의 불이 꺼졌다.

완전한 어둠은 아니다. 작은 남자의 눈앞 PC 모니터가 빛을 발하고 있다. 주위를 보면 방 어디에 무엇이 있는지는 어렴풋이 파악할 수 있을 정도의 빛은 있다.

그러나 빛이 부족한 상황에서는 순간적인 일에 대한 반응은 늦게 마련이다. 습격자에게는 그것으로 충분했다.

"하핫!"

다음 전개를 예상한 고토가 껄껄 웃었다.

거의 동시에 검은 실루엣이 어둑한 어둠 속을 달렸다. 파괴음, 작은 남자의 이마가 PC 화면에 처박혔다.

이 방의 유일한 광원이던 것이 잔상 하나 남기지 않고 사라졌다.

쿵.

바닥을 차는 소리,

고토는 주저 않고 몸을 던졌다. 구르듯이 바닥 위를 이동해 벽 근처에서 무릎을 꿇었다. 습격자는 이미 어둠에 눈이 익숙해졌을 것이다. 움직이지 않으면 표적이 될 뿐이다. 반대로 움직이기만 하면 자신들의 거점이라는, 지리적 이점을 살릴 수도 있었다.

"윽!"

품속에 있던 손을 똑바로 눈앞의 어둠 속을 향해 내밀었다. 그와 동시에 자신의 이마 바로 앞에 무언가가 들이밀어졌다.

"……하아……."

정말이지 못 참겠군.

고토의 이마에서 뺨으로, 흥분과 공포로 새어 나온 굵은 땀방울이 흘러내렸다.

"최고야! 살면서 한번쯤은 겪어보고 싶었던 상황이거든, 이거. 꿈이 이뤄졌어."

눈앞을 향해 가벼운 말을 던졌다.

대답은 없다.

오른손도, 머리도, 움직일 수 없다. 왼손으로만 자신의 주머니를 뒤적여 스마트폰을 꺼내 최소한의 조작만을 한 뒤 바닥에 던졌다.

잠금 상태가 해제된 그것이 약간의 빛을 주위에 흩뿌렸다.

눈앞에 한 청년이 서 있었다.

검은 머리 검은 눈. 아무리 봐도 평범하고, 한없이 성실해 보이고, 질 나쁜 일과는 연이 없어 보이는, 그런 에마 소지가 서 있었다.

지금까지 대부분의 싸움을 일방적인 기습으로 정리해 왔

겠지만, 그럼에도 이미 상처투성이였다. 반격을 받기도 했을 것이다, 어둠 속에서 무리하게 날뛰는 바람에 자연스럽게 생겨난 것도 있을 것이다. 셔츠는 곳곳이 붉게 찢어졌고 뺨과 이마에도 얕지 않은 열상이 새겨져 있다.

그럼에도 그 표정은 얼어붙은 듯 움직이지 않았고, 그 오른손에 쥐어진 유령총의 총구는 똑바로 고토의 이마에 꽂혀 있었다.

"역시 총격 액션이라면 이 장면이지."

고토는 섣불리 움직일 수 없었다.

그리고 이 청년, 에마 소지 또한 그렇게 쉽게 움직이지 못할 것이다. 고토가 겨누는 총 또한 정확히 청년의 이마에 꽂혀 있다.

양측 모두 들고 있는 것이 플라스틱제 총기라는 것이 표면적으로는 긴장감을 조금 누그러뜨렸다. 그러나 이 역시 근거리에서의 살상력은 진짜였다.

서로가 언제든지 상대방의 목숨을 빼앗을 수 있는 상태.

"뭐라고 하더라, 이 교착 상태. 분명히 이름이 있었는데, 으음……."

몸을 일으키기 위해 무릎에 힘을 주었다.

그 기척을 알아차렸는지 방아쇠에 걸린 소지의 손가락에 약간 힘이 들어간 것이 느껴졌다. 일어서는 것을 포기했다. 움직일 수 없었다.

"맞아, 멕시칸 스탠드오프."

"아니."

불쑥, 소지가 대답을 되돌렸다.

"그건 셋 이상이 둘러싼 상황에서 모두가 움직일 수 없게 됐을 때 쓰는 말이다."

"세세한 걸 신경 쓰는 녀석이군……."

영화 속에서 이런 광경을 보면 그냥 확 쏴버려, 하는 기분이 들기도 한다. 그렇게 되면 적이 죽잖아, 그럼 고민할 필요 없지 않느냐며. 긴장감을 부추기기만 하고 리얼리티가 없는 장면이라고 생각했다.

그러나 막상 그 상황에 몸을 두고 보니 과연 이는 우회적인 의미로 움직일 수 없었다. 손가락에 힘을 줘서 총을 쏠수는 있다, 그러나 그 1초 후에 자신이 살아남을 수 있는 이미지가 전혀 떠오르지 않는 것이다.

모든 일은 체험해 보기 나름이라며, 뇌가 저릿할 정도의 흥분 속에서 고토는 생각했다.

"뭐, 하지만 그 마음을 모르는 것도 아니야. 모처럼의 교착 상태, 제대로 멕시칸으로 스탠드오프하고 싶다. 구체적으로는 세 번째를 원한다. 잘 알지, 그 낭만."

"넌 아무것도 몰라."

"그런 소리 마. 내가 이렇게 서비스 정신을 발휘하는 일은 드물어."

달칵, 하고.

에마 소지 바로 뒤에서 공이치기가 젖혀지는 소리가 났다.

청년의 눈이 경악으로 크게 뜨였다. 그것을 지켜보며 고토는 입술을 휘었다.

"그러니까 한 명 추가다."

◇

피로와 자책과 절망.

쌓인 그런 것들로 인해 정신을 잃을 것 같았다.

소지는 입술 끝을 물어뜯고 그 아픔으로 평정을 유지하기 위해 애썼다. 그러나 애초에 온몸이 쑤시고 있다는 현실에서는 별 의미가 없었다.

다만 피 한줄기가 의미 없이 턱에서 뚝 떨어졌다.

"……아직 남아 있었나."

동요를 억제하고 평이한 목소리로 그렇게 말했다.

뒤에, 총을 겨눈 누군가가 있다.

부하들을 때려 눕혀서 적어도 며칠은 제대로 움직일 수 없게 만들었다. 일대일을 만들어두고, 게다가 고토 본인의 움직임도 제압했다. 가까스로 다다른 그 상황에 뜻밖의 복병의 등장. 웃기지 말라고 외치고 싶다. 말도 안 된다며 소리라도 지르고 싶다.

"다 쓰러뜨린 줄 알았어? 정답이기도 하고, 오답이기도 해. 그 녀석은 우리 정규 멤버가 아니거든."

이 상황이 유난히 마음에 든 것인지, 고토가 조금 전보다 더 기분 좋게 웃음 지었다.

"자기소개해 줘."

소지의 등 뒤를 향해 그렇게 말을 건다.

"악취미야, 고토 씨."

등 뒤의 그 녀석은 언짢은 목소리로 그렇게 대답했다.

그 목소리를, 잘 알고 있었다.

"⋯⋯코, 타로⋯⋯?"

"응, 뭐어. 맞아. 나야."

내키지 않는 듯한, 그러면서도 평소처럼 경박한 시노기 코타로의 목소리.

에마 소지의 편일 터였다. 적어도 이번 일련의 사건 속에서 이 남자는 처음부터 일관되게 도움을 주고 있었다. 그런데.

"그보다 이러면 안 되지, 에마 씨. 분노에 몸을 맡긴 채 난 동을 부려서 악의 조직을 괴멸시킨다니. 캐릭터에 안 맞는 다고. 그런 히어로 아니잖아, 당신."

"왜, 거기에."

"이유는 몇 가지 있는데. 첫 번째는 그거지. 에마 씨가 그 남자를 죽이게 놔둘 수는 없으니까. 역시 진짜 살인은 어울 리지 않아, 당신한테는."

뭐야, 그게.

의미를 모르겠다.

"애초에 에마 씨, 이후에는 어쩔 생각이었어? 뒷수습이라든가, 아무 생각 않고 날뛰었지? 거리에서 소란을 벌였으니 목격자도 있고 증거도 많아. 옛날 사건과 맞물려서 인터넷에서는 현재 실시간 트렌드에 올라가 있어. 여기서 고토 씨를 죽인다고 해서 뭐가 해결되는 것도 아냐. 문제는 산더미지. 앞으로 어떻게 살아갈 생각이었어?"

……그런 건.

"생각하고 싶지 않았지? 아무 생각 없이 다 망가뜨리고 싶었어? 그 마음은 알겠지만 말야, 생각하고 싶지 않은 것과 도망칠 수 있는 건 다른 문제라고."

"나, 는."

"알아? 에마 소지라는 남자에겐 이제 어떻게 발버둥쳐도 미래가 없어. 그래서 나는 배신한다면 바로 여기라고 생각했지. 마지막에 참가해서 하고 싶은 것도 있었고."

배신.

아아, 그랬다. 분명, 여차할 땐 배신해달라고. 믿음이라든지 우정 같은 것에 의지하고 싶지 않으니까. 이해와 손익의 일치로 이어지고 싶었으니까. 그래서 일찍이 소지는 코타로와 그렇게 약속했다.

코타로는 그 약속을 지켰다.

'……그런가.'

초조함도 분노도 아무것도 들지 않았다.

그렇구나, 하는 심플한 납득만이 마음속에 자리했다.

"총을 버려."

승리를 확신한 고토가 고개를 작게 움직이며 항복을 재촉했다.

'적어도 이 녀석만이라도 죽여두자.'

멍한 머리로 소지는 그렇게 생각했다.

방아쇠에 걸린 손가락에 천천히 힘을 주었다.

조악하게 제작된 그 유령총에 제대로 된 소음 기능은 붙어 있지 않았다.

총성이 한 번, 『서머 플레이버 브루어리』 매장 안에 울려 퍼졌다.

그날 에마 소지의 이야기는 끝났다.

그리고 그 이름을 가진 인간이 한 명, 세상에서 사라졌다.

에 필 로 그

막은 내리고, 그리고

——그리고 회상은 끝난다.

돌이켜 보면 겨우 5일. 달력에 가로줄 하나 그으면 채워지는 그 정도의 시간일 뿐이다.

그 날들 속에 있을 때는 마치 영원히 계속될 것 같았는데.

그 병실에서의 이별 다음 날, 에마 소지는 죽었다고 나이든 여의사가 알려주었다.

일련의 사건의 배후에 있던 패거리들 조직에 달려들어 훌륭하게 괴멸 상태까지 끌고 갔지만, **보스와 서로 쏴버리는** 상황이 되었다고.

그때는 슬퍼했다. 울었다. 억울했다.

아직 하고 싶은 말도, 듣고 싶었던 말도 많았는데.

사랑이라든가 애정을 말하려는 것이 아니다. 그런 감정을 품을 정도로 나는 지금의 그를 모른다. 그도 나를 모른다. 그렇기 때문에 제대로 이야기를 나눠가며 알고 싶었다. 알아줬으면 했다. 어떠한 감정을 품고 싶었다. 내 안의 누군가에게 이끌린 것이 아닌, 나 자신의 마음을. 그런데.

정작 중요한 본인은 여름의 추억 속에 숨어버렸다.

아무리 보고 싶어도 만날 수 없다. 전하고 싶은 말은 이렇게 회상을 통해 가슴속 깊이 간직할 수밖에 없다.

'······하아.'

정말이지.

여느 때처럼 긴 회상 뒤에는 하염없이 허무한 기분에 휩싸인다.

길고도 짧은 그때를 두 사람은 한가롭게 보내고, 그리고 빠져나갔다. 그리고 거기에 내——즉 사나쿠라 사키미의 차례는 없다.

두 사람의 걱정을 받으며 그 몸을 계속 보호받았을 뿐. 두 사람의 이야기에 있어서는 조금 중요한, 소도구로서의 역할밖에 없었다.

엘리베이터가 움직이는 소리.

5층, 즉 이 층에서 멈췄다. 누군가가 내려서, 다가온다.

"아, 있다. 사키미 씨."

손을 흔들며 다가오는 와타가세 고등학교 교복을 입은 소녀 한 명.

"이오짱? 여긴 어쩐 일이야."

"치마 입고 외출했다고 아주머니가 그러시길래 여기 있을 것 같아서 와봤어요. 정답이었네요."

"우리 엄마는 대체 무슨 얘길 하는 거야."

그로부터 2년, 이오는 거기서 키가 조금 더 컸다. 분위기도 여전히 어른스럽다. 교복을 벗고 말투를 조금만 어른스럽게 바꾸면 미성년자라는 것을 알아차리는 사람은 거의 없을 것이다.

그렇기 때문에 본인은 고등학생이 되어도 어린아이같은 말투를 계속 쓰고 있지만.

"데이트인 건가? 라고 말씀하셨어요. 어떻게 보면 정답이었네요."

"그만해."

이건 그렇게 재미있는 이야기가 아니다.

어느 쪽인가 하면 성묘 같은 것이다. 바치는 꽃은 없지만.

"그래서, 나한테 뭔가 볼일이라도 있었어? 굳이 이런 데까지 와서."

"아, 네. **그 소식통**한테 연락이 왔는데, 음, 소네다 씨? 라는 사람과 골드만 씨였나? 아무튼 그런 이름을 가진 사람들이 지난달에 둘 다 실각했대요."

"뭐어?"

무슨 말인지 알아들을 수가 없다.

"갑자기 몇 개의 스캔들이 표면에 나왔다던데요. 아는 사이예요?"

"전혀 모르겠는데. 무슨 정치인인가?"

"아뇨, 잘은 모르겠는데, 그 사람들이 사라져서 사키미 씨한테 붙었던 마크도 드디어 떨어졌대요."

"뭐어어?!"

마크? 나를? 무슨 뜻이야?

머리에 물음표가 연달아 떠올랐다.

그리고 곧 자신의 한심스러움을 깨달았다. 생각해 보면 당연하다.

그 후 내 몸에서 나온 〈콜 와다에〉는 며칠 후 썩어서 사라져 버렸다고 한다. 원래라면 좀 더 충분한 시간을 들여 하나의 생물로서 성숙해진 후에 나가야 했는데, 그러지 못하고 급하게 나가는 바람에 생체로서의 자신을 유지하지 못했다고. 그런 식의 설명을 들은 것 같다.

애초에 최초의 육편이 어디에서 그 연구 시설로 반입되었는지도 결국 알지 못한 모양이었다. 즉, 그 이상한 생물 조각은 이제 어디에도 없다.

그러나 그 조각을 간직한 이상한 인간은 아직 여기에 있는 것이다.

확실히 지금은 평범한 인간으로 살고 있지만, 몸 어딘가에 어떤 흔적이 남아 있을 가능성은 있다. 그렇게 생각한 사람이 있어도 이상하지는 않다.

그리고 그렇게 생각한 사람이 만약 어떻게든 그 연구를 재개하려고 했다면, 제일 먼저 사나쿠라 사키미를 확보하려고 할 것이다.

"······우와."

소름이 돋았다.

재작년에 모든 게 끝났다, 그렇게 믿고 그렇게 생각하고 있었는데, 설마 이 몸이 누군가의 안에서 소도구로 남아 있었을 줄이야.

그리고 행운에 감사했다. 마크라는 것이 구체적으로 어떤 것인지는 모르겠지만, 요컨대 얼마간의 감시가 붙어 있었다는 뜻이겠지. 그렇다는 것은 언제 **그것**을 눈치챘다 해도 이상하지 않았을 것이다.

"이제 좀 그만해 줘……."

식은땀이 나는 이마에 손을 대고 고개를 저었다.

이오가 킥킥 웃었다.

"다행이잖아요, 결국 아무 일도 일어나지 않고 끝났으니까요."

"그건 그렇지만 기분상…… 아니, 잠깐만."

고개를 들었다.

"이오는 누구한테 들었어, 그 얘기. 코우메씨?"

"음, 그 이야기를 하기 전에 본론부터 말할게요, 이거요."

한 장의 메모지를 두 손가락 사이에 끼워 집어든다.

내밀어 온다. 받아들었다.

열었다. 주소가 적혀 있다. 여기서는 한참 떨어진 시, 하지만 똑같이 해변가의 도시다. 마지막으로 아마도 그곳에 살고 있었을 누군가의 이름이 적혀 있다. 들어본 적 없는 남성의 이름이었다.

이게 뭐지.

"넘겨달라고 들어서."

"······뭐야, 이거."

이거 혹시.

"글쎄. 가보면 알지 않을까요? 한껏 치장하고요."

"그게 뭐야."

이거, 설마.

"글쎄요, 전 그걸 건네달라고 부탁받았을 뿐이거든요. 코타로 군에게."

혹시나, 하고 생각했다.

설마, 하는 생각도 했다.

이 메모가 가리키는 끝에는 누가 있는가.

힌트는 이 타이밍. 내게서 마크가 떨어졌다는 이야기와 이 메모가 동시에 왔다. 그렇다는 것은, 모든 것이 끝난 후가 아니면 이 누군가와 나는 만날 수 없었다는 것.

그런 상대, 짐작 가는 사람은 한 사람밖에 없다.

만날 수 없는 그. 이미 죽었을 그.

그렇다면, 즉.

이름은 다르다. 얼굴도 달라져 있겠지. 어쩌면 목소리나 체격까지도. 즉 완전히 다른 사람이 되었을 것이다.

그렇지만, 확실히 살아 있을 것이다. 여름 추억의 바깥쪽에서.

"아······ 아······."

눈물이 날 것 같아 황급히 두 손으로 얼굴을 가렸다.

빙글, 이오는 발길을 돌렸다.

"그럼, 볼일도 마쳤으니 전 가볼게요. 사키미 씨도 움직일 거면 빨리 가는 편이 좋을 것 같아요. 방심하면 해는 금방 저물 테니까."

탁탁탁, 하는 경쾌한 발소리가 엘리베이터에 홀로 향한다. 그 등을 향해서,

"이오! 감사해!"

나의, 사나쿠라 사키미의 입을 사용하여 **누군가**가 소리를 냈다.

이 녀석, 뭐 하는 거야, 이 뻔뻔한 빈대 같으니. 지금은 내 시간이야, 쓸데없이 나서지 마. 황급히 입을 막는다.

이미 늦었다. 한번 던져진 말은 더 이상 되돌릴 수 없다.

이오는 조금 놀란 얼굴로 뒤돌아보고는, 빙그레 웃었다.

"논짱도! 그 사람에게 안부 전해줘!"

◇

에필로그라는 말이 있다.

본래는 극의 종료를 알려주는 것이었다고 한다. 이야기의 본편이 끝난 후에 해설자가 나와 관객을 향해, 훗날의 이야기 등을 섞어가며 '이것으로 끝'이라고 선언하는 것이다.

이 해설자는 엄밀히 말하면 더 이상 이야기 속 인물이 아

니다. 메타적인 존재라고나 할까. 현실 쪽에 존재하는 한 사람으로서 현실의 관객들을 향해 말을 건다. 꿈에서 깨어나 집에 갈 시간이야. 그렇게 함으로써 이야기와 현실 사이에 다리를 놔주는, 그런 역할.

에마 소지와 알제논의 이야기는 이것으로 끝났다.
내가 지금 말하고 있는 것은, 두 사람이 떠난 후 무대의 에필로그. 그리고.
어쩌면 다른 이야기의 프롤로그가 될 수도 있다.
그런 작디 작은, 그리고 개인적인 예감이다.

◇

바로 그 무렵 거리가 떨어진 어느 작은 방에서.
"엣취."
젊은 남자 한 명이 요란한 재채기를 했다.
"……여름 감기라도 걸린 건가?"
코를 비비면서 창문 너머로 시선을 향한다. 멀리서 푸른 바다가 보인다.

어항 안에서 금붕어 두 마리가 꼬리지느러미를 흔들었다.

후기

여름 햇살이 비추는 바다 근처의 1DK. 그곳에 확실히 그들은 살고 있었다. 과거를 버린 껍데기 같은 청년과 과거도 미래도 갖지 못한 갓 태어난 괴생물. 결여된 것을 품은 자들끼리 둘이 함께 짧은 그 시간을 보내고 있었다.

그런 느낌으로 전해드린 『모래 위의 1DK』였습니다.

처음 뵙는 분도 계실지도 모르니 다시 인사드립니다. 카레노 아키라라고 합니다.

작년까지 스니커즈 문고에서 조금 긴 시리즈를 연재하고 있었는데, 이번에는 꽤 오랜만에 나온 신작입니다.

또한 이는 단권으로 완결되는 이야기입니다.

직접적인 속편은 현시점에서는 생각해두지 않았습니다. 편하게 읽기 시작하면 금세 다 읽을 수 있습니다. 다양한 반응에 따라 또 그들의 이야기가 나올 미래가 있을지도 모르지만, 그때에도 속편이 아닌 다른 형태가 되지 않을까요.

이번 이 이야기의 첫 플롯을 쓰기 시작한 것은 2004년의 일이었습니다.

당시 쓰고 있던 다른 이야기의 서브 스토리 같은 느낌으로 사람의 몸에 갇힌 괴물과 그 괴물을 지켜야 하는 청년의 이야기를 적었습니다. 그러던 것이 상당한 역작이 되어 개인적으로는 꽤 마음에 든 작품입니다.

당시에는 아쉽게도 기획 회의를 거치지 않아 이 플롯은 그대로 묻게 되었지만 '언젠가는 쓰고 싶다'라는 생각은 사라지지 않았습니다.

그리고 이번에 묻혀 있던 곳에서 빼낸 이 플롯이 드디어 기획 회의를 통과했습니다. 물론 저는 기쁨에 부풀어 다시 한번 시작해 보자는 마음으로 이야기 구성을 훑어보았고…….

그리고 그제서야 깨달았습니다.

18년 동안, 여기서 쓸 예정이었던 것을 여러모로 써먹고 있었다는 것을. 스스로의 마음에 이물질이 섞여 있는 것에 대한 불안과 혐오감, 그 상태의 자신을 긍정하는 것의 어려움, 나아가 그 상태에서 행복이나 편안함을 붙잡는다는 것의 의미…… 뭐, 그런 것들을 말이죠. 의외로 여기저기 써버렸더라고요.

"망했군. 이 플롯을 이대로 쓰면 셀프 표절이나 다름없다."

꽤 당황했습니다.

하지만 플롯은 이미 통과해 버렸죠. 이미 다른 곳에서 사용했다는 이유만으로 소재 그 자체를 바꿀 수는 없었습니다. 그렇다기보단 여기까지 와서 말하긴 좀 그렇지만, 바꾸고 싶지도 않았습니다. 애초에 처음부터 대대적인 수정은 예정했던 바. 처음 플롯은 너무 낡아서 그대로라면 레이와의 출판에 견디지 못할 것 같기도 했고요. 애초에 전작에 이어 적으려던 것을 독립된 한 편으로 다시 짜야 했습니다.

그런 사정으로 이러지도 저러지도 못하고 이야기를 계속 해서 매만지고 수정했습니다.

종바구 시리즈와는 다른 필체를 되찾고 싶은 마음도 시행 착오의 횟수를 늘렸습니다.

그리고 정신을 차려보니 일 년이 지나 있었습니다.

……네, 뭐. 장황하게 무슨 이야기를 했느냐면, 즉 지난 시리즈 완결 이후 공백이 생긴 것에 대한 핑계였습니다. 기 다리셨던 분들께는 죄송합니다.

그런 상황에서 이제 할당된 여백도 다 떨어졌군요.

그럼, 바라건대 또 어느 하늘 아래에서 만날 수 있기를 바 라며.

2022년 여름

카레노 아키라

SUNA NO UE NO 1DK
©Akira Kareno, Misumi 2022
First published in Japan in 2022 by KADOKAWA CORPORATION, Tokyo.
Korean translation rights arranged with KADOKAWA CORPORATION, Tokyo

모래 위의 1DK

2023년 7월 1일 1판 1쇄 발행

저　　　자 카레노 아키라
일 러 스 트 미스미
옮 긴 이 이소정
발 행 인 유재옥
본 부 장 조병권
담당편집자 정지원
편집 1팀 김준균 김혜연
편집 2팀 정영길 조찬희 박치우 정지원
편집 3팀 오준영 이해빈 이소의
편집 4팀 전태영 박소연
라 이 츠 김정미 맹미영 이윤서
디 지 털 박상섭 김지연
미　　　술 김보라 박민솔
발 행 처 ㈜소미미디어
인쇄제작처 코리아피앤피
등　　　록 제2015-000008호
주　　　소 서울시 마포구 토정로222, 403호(신수동, 한국출판콘텐츠센터)
판　　　매 ㈜소미미디어
영　　　업 박종욱
마 케 팅 한민지 최원석 박수진 최정연
물　　　류 허석용 백철기
전　　　화 편집부 (070)4164-3962, 3963 기획실 (02)567-3388
　　　　　　판매 및 마케팅 (070)4165-6688, Fax (02)322-7665

ISBN 979-11-384-7915-8 04830
ISBN 979-11-384-7914-1 (세트)